中华传世小品

谐文趣心

历代寓言小品

曹海东 主编

长江出版传媒

崇文书局

图书在版编目（CIP）数据

谐文趣心：历代寓言小品 / 曹海东主编. -- 武汉：
崇文书局，2016.1（2023.1重印）

（中华传世小品）

ISBN 978-7-5403-4043-8

Ⅰ．①谐… Ⅱ．①曹… Ⅲ．①小品文－作品集－中国
－古代 Ⅳ．①I262

中国版本图书馆CIP数据核字（2015）第232706号

谐文趣心：历代寓言小品

责任编辑 程 欣 刘 丹

出版发行 长江出版传媒 崇文书局

地　　址　武汉市雄楚大街268号C座11层

电　　话　(027)87677133　邮政编码　430070

印　　刷　湖北画中画印刷有限公司

开　　本　680mm×960mm　1/16

印　　张　15.25

字　　数　165千字

版　　次　2016年1月第1版

印　　次　2023年1月第3次印刷

定　　价　46.80元

（如发现印装质量问题，影响阅读，由本社负责调换）

总　序

　　1993 年，湖北辞书出版社出版了"小品精华系列"，一共十册：《历代尺牍小品》《历代幽默小品》《历代妙语小品》《历代寓言小品》《历代山水小品》《历代诗话小品》《历代笔记小品》《历代禅语小品》《明清清言小品》《明清性灵小品》。这套"小品精华"，风格亲切幽默，平易近人，深受欢迎。二十多年过去了，许多想得到这套书的读者，早已无处可购。考虑到读者的需要，崇文书局拟在"小品精华系列"的基础上，精益求精，隆重推出"中华传世小品"，第一辑为十册。主持这套书的朋友嘱我写几句话，我也乐于应命，有些关于小品的想法，正好借这个机会跟读者交流交流。

　　"中国历史上写作小品文的作家，多半是所谓名士。"现代作家伯韩的这一说法，流传颇广。那么，什么是名士呢？伯韩以为，也就是一种绅士罢了，不过与普通绅士有所不同而已。他们"多读了几句书，晓得布置一间美妙的书斋，邀集三朋四友，吟风弄月，或者卖弄聪明，说几句俏皮话，或者还搭上什么姑娘们，弄出种种的风流韵事来。这都算是他们的风雅"。

　　这样来看中国历史上的小品，如果不是误解的话，真要算得上不怀好意了。

据《论语·先进》记载：一天，孔子和子路（仲由）、曾皙（曾点）、冉有（冉求）、公西华（公西赤）在一起，他要几个弟子谈谈自己的志愿。子路第一个发言说："一千辆兵车的国家，处在几个大国之间，外有军队侵犯，内有连年灾荒。让我去治理，只消三年光景，便可使人人勇敢，而且懂得同列强抗争的办法。"孔子听了，淡淡一笑。冉有的志愿是："一个纵横六七十里，或者五六十里的小国，让我去治理，三年时间，可使人人丰衣足食。至于修明礼乐，那就有待于贤人君子了。"第三个回答孔子的是公西华，他说："不是我自以为有什么了不得的才能，只是说我愿意来学习一番。国家有了祭祀的典礼，或者随着国君去办外交，我愿穿着礼服，戴着礼帽，做个好傧相！"公西华说话时，曾点正在弹瑟，听孔子问他："点，你怎么样？"曾点放下手中的瑟，站起来道："我的志愿跟他们三位都不相同。暮春三月，穿一身轻暖的衣服，陪着年长的、年轻的同学，到沂水沙滩上去洗洗澡，到舞雩台上去吹吹风，一路唱着歌回来！"孔子感叹道："我赞同曾点的想法！"孔子以为，子路等三人拘于礼、仁，气象不够开阔、爽朗。只有精神发展到能够怡情于山水自然的境地，人格才算完善。

孔子这种陶醉于山水之美的情怀，由魏晋时代的名士做了淋漓尽致的发挥。有一部书，专记当时名士的言行，名叫《世说新语》。其中有个人物谢鲲，他本人引以自豪的即是对山水之美别有会心。晋明帝问谢鲲:"你自己以为和庾亮相比怎么样?"谢鲲回答说:"身穿礼服,庄严地站在朝廷之上,作百官表率,我不如庾亮;但是,一丘一壑(指在山水间自得其乐),臣自以为超过他。"以"一丘一壑"与朝廷政务并提,可见其自豪感。因此,当著名画家顾恺之为谢鲲画像时,便别出心裁地将他画在岩石中。问顾为什么这样,顾答道:"谢自己说过:'一丘一壑,臣自以为超过他。'所以应该把这位先生安置在丘壑中。"足见魏晋名士的趣味相当一致。

也许是由于魏晋以降的儒生多拘束迂腐,也许是由于全身心陶醉于山水之美的魏晋名士对老庄更偏爱些,后世人往往将名士风流与儒家截然分为二事,似乎它们水火不容。晚明袁宏道在《寿存斋张公七十序》中批评这种误解说:

> 山有色,岚是也。水有文,波是也。学道有致,韵是也。山无岚则枯,水无波则腐,学道无韵,则老学究而已。昔夫子之贤回也以乐,而其与曾点也以童冠咏歌,固学道人之波澜色泽也。江左之士,喜为任达,而至今谈名理者必宗之。俗儒不知,叱为放诞,而一一绳之以理,于是高明玄旷清虚澹远者,一切皆归之二氏。而所谓腐滥纤啬卑滞局局者,尽取为吾儒之受用,吾不知诸儒何所师承,而冒焉以为孔氏之学脉也。

袁宏道的结论是："颜之乐，点之歌，圣门之所谓真儒也。"这话是有几分道理的。

上面说了那么多，其实是要说明一点：孔子是中国古代第一位小品文作家，《论语》是中国古代第一部小品文著作。以小品的眼光来读《论语》，不难发现一个亲切而又伟大的孔子。

比如，从《论语》中不仅能看出孔子陶醉于山水之美的情怀，还能感受到他那无坚不摧的幽默感。孔子曾领着一群学生周游列国，再三受到冷遇，途经陈、蔡时，被两国大夫率众围困，"不得行"，粮食没有了，随行的人也病了，而孔子依然"讲诵弦歌不衰"。他开玩笑地问："'我们不是野兽，怎么会来到旷野上？'莫非我的学说错了吗？"颜渊回答说："夫子的学说极其宏大，所以天下不能容纳。不能容纳有什么不好呢？这才见出你是真正的君子。"孔子听了，油然而笑，说："你要是有很多财产的话，我愿给你当管家。"置身于天下不容的困境中，孔子师徒仍其乐陶陶，在于他们互为知己，确信所追求的目标是伟大的。北宋的苏轼由此归纳出一个命题："师友以道相乐，乃人间之至乐也。"

在人们的感觉中，身居显位的周公是快乐的、幸福的。其实未必然。召公负一代盛名，管叔、蔡叔是周公的弟弟，连他们都怀疑周公有篡夺君位的野心，何况别人呢？这样看来，周公虽坐拥富贵，却无亲朋与之共乐。苏轼由此体会到：周公之富贵，不如孔子之贫贱：富贵不值得看重。他的

《上梅直讲书》说的就是这个意思。

据《论语》记载,孔子还曾有过一件韵事。跟孔子同时,有个名叫南子的美女,身为卫灵公夫人,却极度风流淫荡。一次,她特地召见孔子。孔子拜见了她,还坐着她的马车,在城内兜了一圈。性情爽直的子路很不高兴,对孔子提出非议,孔子急得发誓说:"假如我孔某有什么邪念的话,老天爷打雷劈死我!"

对孔子的这件浪漫故事,历史上有两种不同的解释。一种说法认为:孔子是迷恋南子的漂亮。另一种意见则较为规矩,其代表人物是南宋的罗大经。罗大经在《鹤林玉露》中说:南子虽然淫荡,却极有识见,"有后世老师宿儒之所不能道者"。孔子之所以去见南子,即因看重她的识见,希望她改掉淫行,成为卫灵公的好内助。"子路不悦,是未知夫子之心也。"

前一种说法似乎亵渎了孔子,但未必没有可取之处。孔子讲过:"吾未见好德如好色者也。"在他看来,好色是人的不可抗拒的天性,任何人都没有资格假定自己从不好色。所以,当孔子向子路发誓,说他行端影直的时候,我们真羡慕子路,有这样一位可以跟学生赌咒发誓的老师。孔子让我们相信:圣人确有不同凡俗的自制力,但并不认为他人的猜疑是对他的不敬。相反,他理解这种猜疑,甚至觉得这种猜疑是理所当然的。

孔子是一个伟大而又亲切的小品作家,《论语》是一部伟大而又亲切的小品文著作。亲切而又伟大，这就是小品的魅力。关于中国历代小品的定位，理应以《论语》作为坐标。我想与读者交流的，主要的也就是这个看法。

回到"中华传世小品"，这里要强调的是，这套书所秉承的正是《论语》的传统。它们的作者，不是伯韩所说的那种"名士"，而是孔子、颜渊、曾点这类既活出了情怀、又活出了情调的哲人。不需要故作庄严，也绝无油滑浅薄，那份温暖，那份睿智，那份幽默，那份倜傥，那份自在，那份超然，足以把生活提升到一个令人陶然的境界。读这样的书，才当得起"开卷有益"的说法。

愿读者诸君与"中华传世小品"成为朋友！

武汉大学文学院教授、博士生导师　陈文新

前　　言

在世界寓言史上，中国、希腊、印度是三大寓言王国。与希腊、印度寓言相较，中国寓言风格奇诡、独领风骚。更令世人称道的是，中国寓言于先秦时期甫一亮相，便已然是一座高峰，令无数后来者高山仰止。通观《庄子》《墨子》《荀子》《韩非子》这些先秦诸子典籍，寓言在其中的作用，用今人的话说，就是使其"哲学通俗化"。寓言是诸子们的哲学之矛，其锐令人毛发倒竖，倒吸寒气。寓事言理之巧妙，修辞手法运用之多样，无不令人叹服。可以说，先秦诸子寓言，在我国寓言史上是最浓墨重彩的一笔。

庄子是我国古代最早、最杰出的寓言大师。"寓言"一词最早即见于《庄子》一书。《庄子·寓言》篇："寓言十九，重言十七。"意思是：寄寓的言论十句有九句令人信服，引用前辈圣哲的言论十句有七句会让人相信。庄子所言的"寓言"一词，与今义已经非常接近，即假托他人或他事来说明道理。《庄子·天下》篇又说："以重言为真，以寓言为广。"这里庄子更是将寓言的作用标榜到了极致。《庄子》不仅是一部阐道的哲学宏著，而贯穿《庄子》的近两百篇寓言，更如珍珠般光耀夺目，以至后人称《庄子》"第一才子书"。

《庄子》首开寓言之先河，其后陆续有《荀子》、《墨子》、《韩非子》、《吕氏春秋》等步其后尘。中国古代对寓言还有各种不同的称呼：《韩非子》称之为"储说"，意思是将学说主张储放在故事之中，同样是指借用外物托言立论，隐真意于文字表面。寓言不仅仅是诸子用来说理论事、改良世道人心的工具，更是让诸子典籍成了一部部文学艺术性极强的华美乐章，对汉语文学的贡献难以估量，后世一干大文人莫不承其福荫。故苏轼有言："老庄之文，无人可代。"先秦典籍的寓言，后人定义为"说理寓言"，其后又有两汉的劝诫寓言，魏晋南北朝的嘲讽寓言、唐宋的讽刺寓言和明清的诙谐寓言，这些分类虽不太精确，但就其主要功能而言，亦算切合时宜。其后又出现了专门的寓言作家，到了近现代，儿童文学争相涌现，就其实质，不过是寓言文学的演变与分支。

客观地讲，寓言文学发展到后来虽形式多样、分支众多，但就其文学性或"寓意"之深广论，则每况愈下，今不如昔，以致今人视寓言为"小学"，似乎与其他文学形式相较，登不了大雅之堂。这是寓言这一独具魅力的文学形式在当下的尴尬与悲哀。造成这种现状的原因甚多，但究其根本，是今人的语言模式与先人相径庭，思维习惯亦相去甚远。

今天我们读古人的寓言，总是忙于从中找出"寓意"，急于盖棺定论。其实，这是阅读古代寓言的一个误区，进而由"误区"而至"盲区"。虽说仁者见仁、智者见智，但作为编者，我们不主张阅读寓言时"先入为主"，最忌"真理在握"。

《吕氏春秋》上有一则寓言《荆人遗弓》：

> 荆人有遗弓者，而不肯索，曰："荆人遗之，荆人得之，又何索焉？"孔子闻之曰："去其'荆'而可矣。"老聃闻之曰："去其'人'而可矣。"

原文仅四十五个字，叙事却一波三折，寓意深远隽永。如果我们对中国古代哲学不太了解，粗略观之，只生嘲弄楚人之心，就谈不上读懂了这则寓言。相信对中国文化有深入了解者，阅读完这则寓言后，一定会由衷一笑。楚人言下意为"国"即"家"，孔夫子由"仁"出发，得出的结论为"天下为公"，老子则告诉世人，真正的"道"无内无外，无远无近，只要有"分别心"，就是不究竟！这与佛家哲学已经合而为一了。

我们讽刺别人为一些不必要的事提心吊胆、庸人自扰时，常会用到"杞人忧天"这个成语。如果先入为主，这则寓言不过是给我们带来一些趣味性，博人一笑：太愚蠢了，天怎么会掉下来呢?! 仅限于此，我们就误读了。"杞人"果真不对么？"天"真的不会掉下来么？天有陨石，地有凹陷，一颗彗星撞击地球带来的后果也会是毁灭性的啊！当下那些每天用几千倍望远镜观察浩瀚繁星的天文学家们，不都是今天的"杞人"么！如此看来，"杞人"无错，而是我们的嘲笑太浅薄，太没有道理了！

可见，"寓言"不仅不是"小学"，而且是一所所"大学"！作为一种文学形式，寓言不仅不逊于其他任何一种文学形式，而且还有着自己独特的优势。自诞生之日起，寓言就有着属于自己而且只属于自己的审美追求，那就是"袖里乾坤，寓教于无形"。

如何让今人重拾阅读寓言的热情，领略寓言的魅力，并获取人生的教益，于出版同仁来说，其势不可谓不急，其责不可谓不重大。鉴于此，我们觉得有必要还原寓言的本来面目，这也是我们搜罗从先秦至明清浩若烟海的古代典籍，精心编选这本书的初衷。将此书的书名定为"谐文趣心"，希望读者在谐趣精妙的故事中领悟古人的含蓄与睿智，希望读者乐于文、会于心，潜移默化中增长人生智慧。为方便读者阅读，编者分门别类，大多寓言后还辅以注释、翻译，以期读者充分领略中国古代寓言的魅力。

目　　录

修身养性

察情体物

官场怪相

人情凉热

智勇风采

修身养性

弈秋诲弈

弈之为数，小数也，不专心致志，则不得也。弈秋，通国之善弈者也。使弈秋诲二人弈，其一人专心致志，惟弈秋之为听；一人虽听之，一心以为有鸿鹄①将至，思援弓缴②而射之。虽与之俱学，弗若之矣。为是其智弗若与？曰：非然也。

《孟子·告子上》

【注释】

①鸿鹄(hú)：俗称天鹅。

②缴(zhuó)：古代指带有丝绳的箭。

【译文】

下棋在众技艺中，只是一种小技巧，但不专心致志，就没法学会。弈秋，是全国最善于下棋的人。让弈秋教两个人下棋，其中一个人专心致志地向弈秋学习，全神贯注地听弈秋的讲授；另一个人虽然也坐在弈秋面前，但心里老想着会有天鹅飞来，想着张弓搭箭去射它。这个人虽说是和前一个人一起学习，但远不及前一个人学得好。是因为这个人赶不上前一个人聪明吗？当然不是这样的。

豚子食于死母

仲尼曰："丘也尝游于楚矣，适见豚子①食于其死母者，少焉眴若②，皆弃之而走。不见己焉尔，不得类焉尔。所爱其母者，非爱其形也，爱使其形者也。"

《庄子·德充符》

【注释】

①豚（tún）子：小猪。

②眴（shùn）若：惊慌的样子。

【译文】

孔子说："我曾在去楚国的时候，在路上正巧遇见一群小猪在一头死母猪身上吃奶，一会儿便都惊慌失措地跑掉了。因为它们看到母猪不再用眼睛看它们，不像一头活猪的样子了。小猪们爱它们的母亲，不仅是爱母猪的形体，更主要的是爱充实于形体的精神。"

巫马其买鸩

巫马其为荆王使于巴。见担鸩者，问之："是何以？"曰："所以鸩人也。"于是请买之，金不足，又益之车马。已得之，尽注之于江。

《尸子》

【译文】

巫马其作为荆王的使者出访巴国。在途中，他遇见一个肩挑毒酒的人，于是问道："这是做什么用的？"那人答道："是用来毒害人的。"于是，巫马其就向他买那毒酒，带的钱不够，又押上随行的车马。买来后，全部都倾倒到江里去了。

黄公好谦卑

齐有黄公者，好谦卑，有二女皆国色，以其美也，常谦辞毁之，以为丑恶。丑恶之名远布，年过而一国无聘者。

卫有鳏夫，失时，冒娶之，果国色。然后曰："黄公好谦，故毁其子，妹必美。"于是争礼之，亦国色也。

《尹文子·大道上》

【译文】

　　齐国有位黄公，非常谦虚，他的两个女儿都是国内最美丽的女子，然而黄公却因此常常谦逊地称她们长得很丑陋。这样一来，他女儿貌丑的恶名就传得很远，以致两个女儿过了结婚的年龄却没有一个国人来聘婚。

　　这时，卫国的一个老光棍冒冒失失地迎娶了黄公的大女儿，才知道是国色佳人。此后他逢人就说："黄公太谦卑了，故意贬毁他女儿美丽的容貌。因此，我妻子的妹妹也一定长得很美。"于是，人们争着向黄公的小女儿求婚，果然也是位国色佳人。

心不在马

　　赵襄主学御于王于期，俄而与于期逐，三易马而三后。

　　襄主曰："子之教我御术未尽也。"

　　对曰："术已尽，用之则过也。凡御之所贵，马体安于车，人心调于马，而后可以进速致远。今君后则欲逮臣，先则恐逮于臣。夫诱道争远，非先则后也。而先后心在于臣，上何以调于马，此君之所以后也。"

《韩非子·喻老》

【译文】

　　赵襄子向王于期学习驭马驾车，不久就和王于期驾车竞赛，赵襄子换了三匹马，三次都比输了。

　　赵襄子说："你没有把驾车的技巧全教给我，所以我三次都落后于你。"

　　王于期回答说："我的技巧已全教给您了，您运用得却不恰当。大凡驾车最重要的，是要让马的身体安于驾车，人的注意力集中在马身上，此后才能加速快跑，到达远方。现在您驾车，落后一点就一心想赶上我,跑在我前面又怕我追上来。但驾车在一条路上赛跑,不是跑在前面就是落在后头,但您却把心思全用在了是否能比赢我上了,还有什么心思去驭马呢?这就是您为什么三次都输掉的原因。"

子罕之宝

宋之鄙人得璞玉而献之子罕,子罕不受。鄙人曰:"此宝也,宜为君子器,不宜为细人用。"子罕曰:"尔以玉为宝,我以不受子玉为宝。"

《韩非子·喻老》

【译文】

宋国有个边城小民得到一块璞玉而献给大夫子罕,子罕不肯接受。这位小民说:"这是块宝玉,应是君子所用之器,而不该让小百姓使用。"

子罕说:"我们的看法不同。你以为璞玉是宝贝,我认为不接受你的璞玉才是宝贝。"

中州之蜗

中州之蜗,将起而责其是非:欲东之泰山,会程三千余岁;欲南之江汉,亦会程三千余岁。因自量其齿,则不过旦暮之间。于是悲愤莫胜,而枯于蓬蒿之上,为蝼蚁所笑。

陈仲子《於陵子·人问》

【译文】

中州的一只蜗牛想振作起来行动一番,它检讨了自己的长短后进行计划:它想东去泰山,估计走完这路程需三千多年;想南到江汉平原,算了一下也需要三千多年。而后自己算了一下寿命,却不过一天。于是它悲愤难忍,就枯死在蓬蒿的枝叶上了,被蝼蚁所耻笑。

三豕过河

子夏之晋,过卫,有读史记者曰:"晋师三豕涉河。"子夏曰:"非也,是己亥也。夫'己'与'三'相近,'豕'与'亥'相似。"至于晋而问之,则曰:"晋师己亥涉河也。"

《吕氏春秋·慎行论·察传》

【译文】

孔子的弟子子夏到晋国去,经过卫国,他听到有人读史书说:"晋国军队三豕(猪)渡过黄河。"子夏说:"这不对,'三豕'应该是'己亥'。'己'和'三'字形相近,'豕'与'亥'写法相似。"子夏到了晋国,问起这件事,回答说:"晋国军队是在己亥这一天渡过黄河的。"

腹䵍杀子

墨者有钜子腹䵍,居秦。其子杀人。秦惠王曰:"先生之年长矣,非有他子也,寡人已令吏弗诛矣,先生之以此听寡人也。"腹䵍对曰:"墨者之法曰:'杀人者死,伤人者刑。'此所以禁杀伤人也。夫禁杀伤人者,天下之大义也。王虽为之赐而令吏弗诛,腹䵍不可不行墨者之法。"不许惠王,而遂杀之。

子,人之所私也,忍所私以行大义,钜子可谓公矣。

《吕氏春秋·孟春纪·去私》

【译文】

墨家学派中有位大家名叫腹䵍(tūn),住在秦国,他的儿子杀了人。秦惠王对腹䵍说:"先生年纪已经大了,又没有别的儿子,我已经命令官吏不要杀你的儿子了,先生这次就听从我的吧。"腹䵍答话说："墨家的法则讲：'杀人的要偿命，伤人的要受刑。'这是为了禁止人们杀伤他人。禁止杀人、伤人，这是天下的公法。虽然您赐恩于我，命令官吏不要杀他，但是我不能不遵行墨家的法则。"腹䵍没有答应秦惠王，杀死了他的儿子。

儿子，是每个人所偏爱的，杀掉自己的偏爱的儿子实行天下的公法，腹䵍可称得上是大公无私了。

荆人遗弓

荆人有遗弓者，而不肯索，曰："荆人遗之，荆人得之，又何索焉？"孔子闻之曰："去其'荆'而可矣。"老聃闻之曰："去其'人'而可矣。"

《吕氏春秋·孟春纪·贵公》

【译文】

有个楚国人把弓弄丢了，却不肯去寻找，说："楚国人丢了弓，楚国人捡到它，那又何必去寻找呢？"孔子听说这件事后，说："去掉个'楚'字就可以了。"老聃听说这件事后，说："再去掉个'人'字就可以了。"

纪昌学射

甘蝇，古之善射者，彀①弓而兽伏鸟下。弟子名飞卫，学射于甘蝇，而巧过其师。

纪昌者，又学射于飞卫。飞卫曰："尔先学不瞬，而后可言射矣。"

纪昌归，偃卧其妻之机下，以目承牵挺。二年之后，虽锥末倒眦②，而不瞬也。

以告飞卫。飞卫曰:"未也,亚学视而后可。视小如大,视微如著,而后告我。"

昌以牦悬虱于牖③,南面而望之。旬日之间,浸大也;三年之后,如车轮焉。以睹余物,皆丘山也。乃以燕角之弧、朔蓬之簳④射之,贯虱之心,而悬不绝。

以告飞卫。飞卫高蹈拊膺曰:"汝得之矣!"

《列子·汤问》

【注释】

①彀(gòu):拉满弓,张弓。

②眥(zì):眼眶。

③牖(yǒu):窗子。

④簳(gǎn):箭杆。

【译文】

甘蝇,是古代一个善于射箭的人,他一拉弓野兽就会倒地,鸟儿就会落下。甘蝇的弟子名叫飞卫,向甘蝇学习射箭,但他射箭的技巧超过了甘蝇。

纪昌又向飞卫学习射箭。飞卫说:"你先学会看东西不眨眼睛,然后再谈学射箭。"

纪昌回到家里,仰卧在他妻子的织布机下面,瞪着眼睛看织布机的脚踏板练习不眨眼睛。练了两年以后,即使是锥尖子扎到他的眼眶子,他也不眨一下眼睛。

纪昌把自己练习的情况告诉了飞卫,飞卫说:"这还不够,接着要学会视物才行。要练到看小物像看大东西一样清晰,看细微的东西像看大物一样容易,然后再来告诉我。"

纪昌用牦牛的一根长毛系住一只虱子,悬挂在窗口,朝南面远远地看着它。十天半月之后,看虱子越来越大了;三年以后,虱子在他眼里有车轮那么大。转过头来看其他东西,都像山丘一样大。纪昌便用燕国的牛角当弓,用北方出产的蓬竹作为箭杆,射那只悬挂在窗口的虱子,穿透了虱子的心,但牛毛并没有断。

纪昌把自己练习的情况告诉了飞卫,飞卫高兴得手舞足蹈,说:"你掌握了射箭的诀窍了!"

杞人忧天

杞国有人忧天地崩坠,身亡所寄,废寝食者。

又有忧彼之所忧者,因往晓之,曰:"天,积气耳,亡处亡气。若屈伸呼吸,终日在天中行止,奈何忧崩坠乎?"

其人曰:"天果积气,日、月、星宿,不当坠邪?"

晓之者曰:"日、月、星宿,亦积气中之有光耀者;只使坠,亦不能有所中伤。"

其人曰:"奈地坏何?"

晓者曰:"地,积块耳,充塞四虚,亡处亡块。若躇步跐蹈,终日在地上行止,奈何忧其坏?"

其人舍然大喜,晓之者亦舍然大喜。

《列子·天瑞》

【译文】

杞国有个人担心天崩地塌,自己没有容身之处,因此吃不香睡不着,忧心忡忡。又有一个人为那个忧天的杞人担心,便前去开导他说:"天,不过是气的积聚罢了,没有一个地方没有,你起坐呼吸,整天在天空中生活,怎么还担心天会崩塌掉下来呢?"

那个忧天的杞人说:"如果天真的是气积聚而成,那么太阳、月亮和星辰不会掉下来吗?"

开导者又说:"太阳、月亮和星辰,也都是会发光的气积聚而成的,即使它们掉下来,也不会打伤人的。"

那个忧天的杞人问:"那么地陷了怎么办呢?"

开导者又说:"地是土块积聚而成,它充塞四野,无处不有,你迈步行走,整天在它上面生活,为什么还担心它会塌陷呢?"

那个忧天的杞人听了后,如释重负,非常高兴,开导者也因此消除了忧虑,高兴起来。

关尹子教射

列子学射,中矣,请于关尹子。尹子曰:"子知子之所以中者乎?"

对曰:"弗知也。"

关尹子曰:"未可。"退而习之,三年,又以报关尹子。

尹子曰:"子知子之所以中乎?"

列子曰:"知之矣。"

关尹子曰:"可矣,守而勿失也。非独射也,为国与身亦皆如之。"

《列子·说符》

【译文】

列子学习射箭,射中了箭靶,去向关尹子请教,关尹子问列子说:"你知道你为什么会射中靶子吗?"

列子回答说:"不知道。"

关尹子说:"那还不行。"列子回去再进一步练习,练习了三年,又返回关尹子那里向关尹子汇报自己练习的情况。

关尹子说:"你知道你为什么能射中的原因了吧?"

列子说:"现在我知道了。"

关尹子说:"那就行了,你要把它牢记在心,千万别忘记了。不但射箭是如此,治理国家和修养自身也都是同样的道理。"

薛谭学讴

薛谭学讴于秦青,未穷青之技,自谓尽之,遂辞归。秦青弗止、饯于郊衢,抚节悲歌,声振林木,响遏行云。薛谭乃谢,求反。终身不敢言归。

《列子·汤问》

【译文】

　　薛谭向秦青学唱歌,还没有学完秦青唱歌的本领,却自以为都学好了,便向秦青告辞回家。秦青也不阻止他,还在城外的大道边为薛谭饯行。秦青在席上按着节拍动情地歌唱,歌声振动了路边的树木,留住了天空飘荡的云彩。薛谭意识到自己还没有学到老师的本领,便向老师道歉,请求回去再学。一辈子再也不敢说学成回家的话了。

卫人迎新妇

　　卫人迎新妇,妇上车,问:"骖①马,谁马也?"御曰:"借之。"

　　新妇谓仆曰:"拊骖,无笞服②!"

　　车至门,扶教送母:"灭灶,将失火。"

　　入室见臼③,曰:"徙之牖下,妨往来者。"

　　主人笑之。

　　此三言者,皆要言也。然而不免为笑者,蚤晚之时失也。

《战国策·宋卫策》

【注释】

　　①骖(cān):驾车时位于两旁的马。

　　②笞(chī):用鞭、杖、竹板抽打;服:古代一车驾四马,居中的两匹称服。

　　③臼(jiù):古人为舂米在地上掘成的坑,后多用木石为之。

【译文】

　　有个卫国人迎娶新嫁娘,新娘上车后,问:"这骖马是谁家的?"

驾车人答:"借的。"

新娘对仆人说:"要轻轻地拍赶骖马,也不要用鞭子抽打自家的服马!"

车刚到家门口,新娘就侧身凑近伴娘指使她说:"去把灶膛里的火灭了,不然怕失火。"

进到房里,新娘看到一个石臼,说:"把它移到窗户下面去,不然妨碍往来走路。"

婆家人都笑她。

新娘子说的这三句话,其实本身都很在理,但却被人耻笑,这是因为刚过门就说这些,未免为时过早了一点。

诚　心

昔者,楚熊渠子夜行,见寝石,以为伏虎。弯弓而射之,没金饮羽。下视,知其石也,因复射之,矢跃无迹。熊渠子见其诚心,而金石为之开,而况人乎?

韩婴《韩诗外传》卷六

【译文】

从前,楚国的熊渠子夜行在外,看见地上躺着一块石头,以为是一只睡着的老虎。他拉开弓,一箭射去,这箭头箭尾竟一同射入了石头之中。熊渠子下马仔细一看,知道是块石头,于是又射出一箭,但箭不仅没射入,还反弹得无影无踪了。熊渠子显现出了诚心,金石都为他开裂,更何况人呢?

齐庄公出猎

齐庄公出猎,有螳螂举足将搏其轮,问其御曰:"此何虫也?"御曰:"此是螳螂也。其为虫,知进而不知退,不量力而轻就敌。"庄公曰："此为人，必为天下勇士矣。"于是回车避之，而勇士归之。

韩婴《韩诗外传》卷八

【译文】

　　齐庄公外出打猎，有一只螳螂抬起前腿，准备与庄公车上的轮子拼搏。庄公便问驾车的人说："这是什么虫呀？"车夫回答说："这是螳螂。这种虫，只知道往前进，而不知往后退，从不估量自己的力量有多大，就轻易地与对手交锋。"庄公说："这只螳螂如果是人，就一定成为天下的勇士了！"于是，庄公让车夫绕开螳螂而行。天下的勇士闻知此事后，都纷纷归顺了他。

公仪休嗜鱼

　　公仪休相鲁而嗜鱼，一国献鱼，公仪子弗受，其弟子谏曰："夫子嗜鱼，弗受，何也？"

　　答曰："夫唯嗜鱼，故弗受。夫受鱼而免于相，虽嗜鱼，不能自给鱼，毋受鱼而不免于相，则能长自给鱼。"

《淮南子·道应训》

【译文】

　　公仪休任鲁国的宰相，很喜欢吃鱼。国内不断有人给公仪休送鱼，公仪休不受，他的学生劝说道："老师爱吃鱼，却又不受鱼，这是为什么？"

　　公仪休答道："正是因为我爱吃鱼，才不要这鱼。如果接受了这鱼，那么，就会因受贿而被罢免宰相之职，到那时，我虽然还爱吃鱼，却再也不能满足这一嗜好了。现在不接受这鱼，就不致于被罢免宰相职务，就能永远地、经常地吃到鱼了。"

枭将东徙

枭逢鸠,鸠曰:"子将安之?"

枭曰:"我将东徙。"

鸠曰:"何故?"

枭曰:"乡人皆恶我鸣,以故东徙。"

鸠曰:"子能更鸣,可矣。不能更鸣,东徙犹恶子之声。"

刘向《说苑·谈丛》

【译文】

猫头鹰遇见了斑鸠,斑鸠问道:"你将要到哪里去?"

猫头鹰回答说:"我准备搬到东方去。"

斑鸠问道:"为什么呢?"

猫头鹰说:"村里人都讨厌我的叫声,所以我要搬到东方去。"

斑鸠说:"如果你能改变你的叫声,搬到东方去是可以的;如果不改变叫声,即使搬到东方去,人们还是会讨厌你的叫声的。"

师旷劝学

晋平公问于师旷曰:"吾年七十欲学,恐已暮矣!"

师旷曰:"何不炳烛乎?"

平公曰:"安有为人臣而戏其君乎?"

师旷曰:"盲臣安敢戏其君乎?臣闻之:少而好学,如日出之阳;壮而好学,如日中之光;老而好学,如炳烛之明。炳烛之明,孰与昧行乎?"

平公曰:"善哉!"

刘向《说苑·建本》

谐文趣心

【译文】

晋平公问师旷说："我现年七十岁了，还想学习，恐怕就是晚了点！"

师旷说："您为什么不点燃火烛照明呢？"

晋平公说："哪有做人臣的随便与国君开玩笑的呢？"

师旷说："我这个瞎子大臣怎么敢与国君开玩笑呢？我听说，年少时而好学习，就如早晨初出的朝阳；壮年而好学，就像正午时分的阳光；老年而好学，又有如点燃火烛的光亮。点燃火烛照明，不是比在黑暗中行走要好得多吗？"

晋平公说："很对！"

埋两头蛇

孙叔敖为婴儿之时，出游，见两头蛇，杀而埋之；归而泣。其母问其故，叔敖对曰："闻见两头之蛇者死，向者吾见之，恐去母而死也。"

其母曰："蛇今安在？"

曰："恐他人又见，杀而埋之矣。"

其母曰："吾闻有阴德者，天报以福，汝不死也。"

及长，为楚令尹，未治而国人信其仁也。

刘向《新序·杂事一》

【译文】

孙叔敖小时候，一次出外游玩，看见一条长有两个头的蛇，便把它杀死埋了；回到家中他哭了起来。他的母亲问他哭什么，孙叔敖回答说："我听说人见到了长有两个头的蛇，一定要死。我刚才遇见了两头蛇，因此我担心我会离开母亲死去。"

母亲说："蛇现在在哪儿？"

孙叔敖说："我怕别的人又看见它，就把它杀了，埋了起来。"

他母亲说："我听说积有阴德的人,老天爷会以好处报答他的。你为别人好,杀了那蛇,你是不会死的。"

等到孙叔敖长大成人后,做了楚国的令尹。还没到任,人们就已知道他是一个仁义之士了。

鹦鹉灭火

有鹦鹉飞集他山,山中禽兽辄相爱重。鹦鹉自念虽乐,不可久也,便去。后数月,山中大火。鹦鹉遥见,便入水濡羽,飞而洒之。天神言:"汝虽有志意,何足云也!"对曰:"虽知不能救,然尝侨居是山,禽兽行善,皆为兄弟,不忍见耳。"天神嘉感,即为灭火。

刘义庆《宣验记》

【译文】

有一只鹦鹉飞落到了别的山上,山中的禽兽都十分敬重它。鹦鹉自己想,在这里虽然很快活,但毕竟不是久留之地,于是离开了这里。几个月后,山中起了大火,鹦鹉在远处看见了,就飞入水中,沾湿自己的羽毛,然后飞去把水洒在大火上。天神见后,说:"你虽然有灭火的坚强意志,但仅凭你洒的这点水,又怎么能扑灭大火呢?"鹦鹉回答说:"虽然知道自己不能扑灭大火,但我曾在这山上住过,山中的禽兽都很友善,待我如兄弟一般,我不忍心看见他们被大火焚烧。"天神被鹦鹉感动了,就帮它扑灭了大火。

刺猬与橡斗

有一大虫,欲向野中觅食,见一刺猬仰卧,谓是肉脔,欲衔之。忽被猬卷着鼻,惊走,不知休息,直至山中,困乏,不觉昏睡,刺猬乃放鼻而走。大虫忽起欢喜,走至橡树下,低头见橡斗，乃侧身语云："且来遭见贤尊，愿郎君且避道！"

侯白《启颜录》

【译文】

有一只老虎，想到田野中去寻找食物，看见一只刺猬仰面睡在地上，以为是块肉，便打算去衔它。忽然，老虎被刺猬卷着了鼻子，便受惊而逃，不知道停息。一直跑到山中，老虎才感到疲乏，不知不觉地昏睡过去了，刺猬便放开老虎的鼻子跑走了。老虎忽然站起来，感到很轻快。当它走到一棵橡树底下时，低头看见了一颗小橡栗，便连忙侧身一边，谦谨地对橡栗说："今天早上我碰见过令尊大人，现在请贵公子让让路吧！"

国马与骏马

有乘国马者，与乘骏马者并道而行。骏马啮国马之鬃，血流于地，国马行步自若也，精神自若也，不为之顾，如不知也。既骏马归，刍①不食，水不饮，立而慄者二日。骏马之人以告国马之人，曰："彼盖其所羞也，吾以马往而喻之，斯可矣。"乃如之。于是国马见骏马而鼻之，遂与之同枥而刍，不终时而骏马之病自已。

夫四足而刍者，马之类也；二足而言者，人之类也。如国马者，四足而刍则马也，耳目鼻口亦马也，四支百骸亦马也，不能言而声亦马也，观其所以为心则人也。故犯而不校，国马；过而能改，骏马也。

李翱《李文公集》

【注释】

①刍(chú)：喂牲口的草。

【译文】

有个骑国马的人与一个骑骏马的人同在一条路上行走,骏马咬了国马长着鬃毛的部位,血流到了地上,但国马像没事一样地照旧行走,精神自如,也不回头看看,像什么也不知道似的。后来,骏马回到家中,草不吃,水不喝,站在那儿颤抖了两天。骏马的主人把这事告诉了国马的主人。国马的主人说:"它大概是为咬国马的事而羞愧,我如果把国马牵过去对它劝导下,就可让它恢复正常。"于是就把国马牵到那儿去了。国马见到骏马,就用鼻子去亲近它,又和它同槽吃草,不到一个时辰,骏马的毛病就自动好了。

有四只脚而吃草的,是马类;有两只脚而会说话的是人类。像这匹国马,长了四只脚而吃草,是马类,它的耳目鼻口也属马类,四肢骨骸也属马类,不会说话而只能鸣叫也属马类,但观察它心里所想的则像人类。所以,能做到对其他马的侵犯不计较,就是国马;犯了错误能够改正,便是骏马。

荆 巫

楚荆人淫祀者旧矣。有巫颇闻于乡间。其初为人祀也,筵席寻常,歌迎舞将,祈疾者健起,祈岁者丰穰①。其后为人祈也,羊猪鲜肥,清酤②满卮③,祈疾者得死,祈岁者得饥。里人忿焉,而思之未得。

适有言者曰:"吾昔游其家也,其家无甚累,故为人祀,诚必馨乎中,而福亦应乎外,其胙④必散之。其后男女蕃息焉,衣食广大焉,故为人祈,诚不得馨于中,而神亦不歆乎其外,其胙者入其家。是人非前圣而后愚,盖牵于心,不暇及人耳。"以一巫之用心尚尔,况异于是者乎!

罗隐《谗书》

【注释】

①禳（ráng）：丰收。

②酤（gū）：酒。

③卮（zhī）：古代的一种器皿，常用来盛酒。

④胙（zuò）：祭祀用的酒肉。

【译文】

荆楚一带盛祭祀的风气已是很久了。有一个巫师在乡里颇有名气。起初，他为人祭祀，只是要求以平常的筵席款待。这样，他用歌舞来迎神送神，祈求治病的能够马上恢复健康，祈求年成好的可以获得丰收。后来，他为人祭祀，要人给他吃鲜肥的猪羊，喝满杯的美酒，但祈求治病的反而死去，祈求年成好的反而挨饥受饿。乡里人对此十分不满，但想不出这是什么原因。

正好有人议论起此事，说："我过去曾到这个巫师家去玩，家里没有什么令他牵挂，所以，为人祭祀时，诚意都全发自内心，神的福佑也就相应地降临，祭祀用过的物品也都要散发给众人。后来，他家生养的子女多起来，衣食用度也需要得多一些。因此，他替人祭祀时，不能尽用内心的虔诚，而神灵也就不再来亲近、保佑了。敬神用过的祭品，也都被他拿回了家。这个巫师并不是从前圣明而后来愚蠢，而是私欲牵挂于心，没有时间想别人的事了。"一个巫师要用心精诚，何况其他人呢！

黠　鼠

苏子夜坐，有鼠方啮，拊床而止之。既止复作，使童子烛之，有橐中空，嘐嘐聱聱①，声在橐中。

曰："嘻！此鼠之见闭而不得去者也。"

发而视之，寂无所有，举烛而索，中有死鼠。

童子惊曰："是方啮也，而遽死耶？向为何声，岂其鬼耶？"

覆而出之，堕地乃走。虽有敏者，莫措其手。

苏子叹曰:"异哉! 是鼠之黠也。"

苏轼《经进东坡文集事略》

【注释】

　　①嗷(jiāo)嗷聱(áo)聱:形容动物的叫声。

【译文】

　　苏子夜里坐在家中,看见有一只老鼠正在咬东西,苏子拍打了一下床几,老鼠停止了噬咬。但停了一会又咬了起来,苏子就叫童子拿出蜡烛照了照,发现了一只空口袋,唧唧吱吱的声音就是从这口袋里发出的。

　　苏子说:"哦,这老鼠原来是闭在口袋里不得逃脱呀。"

　　打开口袋看了看,里面悄然无声,像没有什么东西一样,再举起蜡烛照着搜了搜口袋,发现里面有一只死老鼠。

　　童子惊讶地说:"它刚才还在咬东西,怎么这快就死了? 刚才是什么声音,难道是闹鬼吗?"

　　翻过口袋把鼠倒了出来,老鼠一落地就跑掉了。即使是手脚极快的人,也拿它没办法。

　　苏子感叹道:"奇怪呀! 这只老鼠也够狡猾的。"

夔与鳖

　　东海之若游于青渚①,禹彊会焉。介鳞之从者以班见。夔②出,鳖延颈而笑。夔曰:"尔何笑?"鳖曰:"吾笑尔之蹻③跃,而忧尔之踣④也。"夔曰:"我之蹻跃,不犹尔之跐趹乎? 且我之用一而尔用四,四犹不尔持也,而笑我乎! 故跋之则羸⑤其肝,曳之则毁其腹,终日匍匐,所行几许? 尔胡不自忧而忧我也?"

刘基《郁离子·瞀瞀》

谐文趣心

【注释】

①渚(zhǔ)：水中小块陆地。

②夔(kuí)：古代神话传说中的一种怪兽。

③趫(qiāo)：行步轻捷。

④踣(bó)：向前倒下。

⑤羸(léi)：损毁。

【译文】

东海神君出游各个岛屿，在那里同北海神君相会。他们的随从——虾兵蟹将，按地位高低出来依次相见。有只名夔的单足水兽，也出来拜见海神，一只鳖伸长脖子笑了起来。夔问道："你笑什么?"鳖答道："我笑你走路一蹦一跳的样子，真担心你会摔倒!"夔答道："我一蹦一跳的，不就如同你走路一跛一跛地爬行吗? 何况我只用一条腿走路，而你却用四条腿，四条腿都不能支持自己的身体，走路还要一跛一跛的，为什么笑我呢? 如果你直起腿走路，就会劳心损肝，如果你不直起腿走路，又会磨破你的肚子，像你这样整天趴在地上爬行，能走多远? 你为什么不操心自个儿却来替我操心呢?"

鸲鹆与蝉

鸲鹆①之鸟生于南方。南人罗而调其舌，久之，能效人言。但能效数声而止，终日所唱，惟数声也。

蝉鸣于庭，鸟闻而笑之。蝉谓之曰："子能人言，甚善。然子所言者，未尝言也。曷若我自鸣其意哉!"鸟俯首而惭，终身不复效人言。

今文章家窃摹成风，皆鸲鹆之未惭者耳。

庄元臣《叔苴子·内篇》

【注释】

①鸲鹆(qúyù)：鸟名，即八哥。

【译文】

八哥这种鸟生长在南方。南方人将它捉来并且调教它,时间长了,它就能模仿人说话的声音。但是它只不过能模仿几句简单的话,整天所唱的,只有那么几句。

一天,有只知了在院子里鸣叫,八哥听到后就耻笑知了。知了对八哥说:"您能说人话,这的确很好。但是,您所说的话都不是自己的,等于没有说。哪里比得上我这样按照自己的意愿说话呢!"听了这番话,八哥惭愧地低下了头,一生再也不模仿人说话。

现在,那些写文章的人剽窃模仿别人成了风气,他们都不过是那不知羞耻的八哥罢了。

蜀鄙二僧

蜀之鄙有二僧,其一贫,其一富。贫者语于富者曰:"吾欲之南海,何如?"

富者曰:"子何恃而往?"

曰:"吾一瓶一钵足矣。"

富者曰:"吾数年来欲买舟而下,犹未能也。子何恃而往!"

越明年,贫者自南海还,以告富者。富者有惭色。

西蜀之去南海,不知几千里也,僧富者不能至而贫者至焉。

彭端淑《白鹤堂诗文集·为学一首示子侄》

【译文】

在四川的偏僻地方,住着两个和尚,一个贫穷,一个富有。有一天,穷和尚找到富和尚说:"我想到南海去,你觉得怎么样?"

富和尚问穷和尚:"你依靠什么到那么遥远的地方去呢?"

穷和尚回答:"一个盛水的瓶子和一只吃饭的碗就足够了。"

富和尚又说:"我好多年来,想租一条船到南海去,可至今仍没能实现。你这样贫穷,依靠什么去呢?"

　　过了一年后,那个穷和尚从南海回来了,并将去南海的经历告诉了富和尚。富和尚听了,感到很羞惭。

　　西蜀与南海之间的距离,有好几千里,富和尚没去成,而穷和尚却去了。

察情体物

鲁侯养鸟

　　昔者海鸟止于鲁郊,鲁侯御而觞之于庙,奏《九韶》以为乐,具太牢以为膳。鸟乃眩视忧悲,不敢食一脔①,不敢饮一杯,三日而死。

　　此以己养养鸟也,非以鸟养养鸟也。

《庄子·至乐》

【注释】

　　①脔(luán):切成小块的肉。

【译文】

　　从前有只海鸟栖息在鲁国都城的郊外,鲁侯亲自把它迎接到祖庙,并设宴款待,给海鸟演奏《九韶》古乐来取乐,准备了牛、羊、猪三牲来作为它的膳食。结果海鸟晕头转向,忧惧悲伤,不敢吃一块肉,不敢喝一杯酒,三天就死了。

　　鲁侯是在用他自己享乐的方法来养鸟,不是用鸟的生活方式来养鸟。

望洋兴叹

　　秋水时至,百川灌河,泾流之大,两涘①渚崖之间,不辩牛马。于是焉河伯欣然自喜,以天下之美为尽在己。顺流而东行,至于北海,东面而视,不见水端,于是焉河伯始旋其面目,望洋向若而叹曰:"野语有之曰,'闻道百,以为莫己若'者,我之谓也。且夫我尝闻少仲尼之闻而轻伯夷之义者,始吾弗信,今我睹子之难穷也,吾非至于子之门则殆^②矣。吾长见笑于大方之家。"

《庄子·秋水》

【注释】

①涘(sì):水边。

②殆(dài):危险。

【译文】

秋汛季节如期到来了,各条小溪都奔流着汇集到了黄河,河流猛地涨,两岸的岸堤和岸边的小洲之间,都宽阔得看不清对面的牛马。河伯因此而自我陶醉了,认为世界上只有自己是最为壮观的了。他顺着河流往东走,一直走到了北海边,朝东一望,只见茫茫然一片,看不见海的边际。河伯于是脸上不再有喜色,仰头看着海神若感慨说:"民间有句俗语说,'听到了百分之一的道理就以为天下没有人赶得上自己了',说的就是我呀。况且我曾听说过有人认为孔子的学问少,并瞧不起伯夷的仁义,我开始还不相信,现在我看到您这样辽阔浩瀚,我才知道那是完全可能的。我如果不到你门前来领教这番道理那就危险了,我将要永远被那些深明大道的人所耻笑!"

神 龟

宋元君夜半而梦人被发窥阿门,曰:"予自宰路之渊,予为清江使河伯之所,渔者余且得予。"

元君觉,使人占之,曰:"此神龟也。"

君曰:"渔者有余且乎?"

左右曰:"有。"

君曰:"令余且会朝。"

明日,余且朝。君曰:"渔何得?"

对曰:"且之网得白龟焉,箕圆五尺。"

君曰:"献若之龟。"

龟至,君再欲杀之,再欲活之,心疑,卜之,曰:"杀龟以卜,吉。"乃刳①龟,七十二钻而无遗筴。

仲尼曰:"神龟能见梦于元君,而不能避余且之网;知能七十二钻而无遗筴,不能避刳肠之患。如是,则知有所不周,神有所不及也。虽有至知,万人谋之。"

《庄子·外物》

【注释】

①刳(kū):剖,剖开。

【译文】

宋元君半夜梦见有个人披头散发,从房门的缝隙里看着自己,说:"我从宰路深潭中来,为江神去出使河伯,渔夫余且把我抓住了。"

宋元君醒来,让人给自己来占这个梦,占梦人回答说:"您梦见的那个人是只神龟。"

宋元君说:"有姓余名且的渔夫吗?"

他身边的近臣回答说:"有。"

宋元君说:"让余且明天来参加早朝。"

第二天,余且来朝见。宋元君说:"你打渔时抓到了什么?"

余且回答说:"我的网网到了一只白龟,直径有五尺。"

宋元君说:"把你网到的白龟给我献来。"

白龟被送到了宫中,宋元君两次想杀了它,又两次想放了它,心中犹豫不决,就去卜卦,卦中说:"杀死那只乌龟用来占卜,就会吉利。"于是宋元君便杀了那只乌龟,刳过之后用来占卜,七十二次没有一次失算。

孔子听说此事而感慨道:"这只神龟能出现在宋元君的梦里,但没有本领躲开余且的渔网;它的智识能占卜七十二次而无一差错,却逃不脱被刳肠破肚的灾难。由此看来,智识睿达也有考虑不周全

潜文趣心

的时候,神灵也有料不到的事情。即使智慧再高,也难敌万人谋划。"

山雉^①与凤凰

楚人有担山雉者,路人问:"何鸟也?"担雉者欺之曰:"凤凰也。"路人曰:"我闻有凤凰,今直见之。汝贩之乎?"曰:"然。"则十金,弗与;请加倍,乃与之。将欲献楚王,经宿而鸟死。路人不遑^②惜金,惟恨不得以献楚王。国人传之,咸以为真凤凰,贵,欲以献之。遂闻楚王。楚王感其欲献于己,召而厚赐之,过于买鸟之金十倍。

《尹文子·大道上》

【注释】

①雉(zhì):鸟名,野鸡。

②遑(huáng):闲暇。

【译文】

有个楚国人挑着野鸡赶路,路上,有个过路人问道:"这是什么鸟?"挑山鸡的人骗他说:"这是凤凰。"过路人说:"我听说有凤凰,今天竟亲眼见到了。你卖不卖?"挑野鸡的人说:"卖!"过路人给他十金,他不肯卖;过路人又请加倍付钱,他才卖给了过路人。过路人想把它献给楚王,不料过了一夜,野鸡死了。他无暇心疼他的金子,只是遗憾不能把凤凰献给楚王。楚国人纷纷传说着这件事,都认为那是只真凤凰,很珍贵,所以过路人想把它献给楚王。终于这件事传到了楚王的耳中,楚王很受感动,召见过路人并重赏了他,赏金超过买野鸡钱的十倍。

目不见睫

楚庄王欲伐越,杜子谏曰:"王之伐越何也?"曰:"政乱兵弱。"

杜子曰："臣患。智如目也：能见百步之外而不能自见其睫。王之兵自败于秦、晋，丧地数百里，此兵之弱也。庄𫏋为盗于境内而吏不能禁，此政之乱也。王之弱乱非越之下也，而欲伐越，此智之如目也。"王乃止。

故知之难，不在见人，在自见。故曰："自见之谓明。"

《韩非子·喻老》

【译文】

楚庄王准备进攻越国，杜子进谏说："大王，您为什么要去攻打越国呢？"楚庄王说："越国政治混乱，军队弱小。"

杜子说："我担心人的智慧好比是眼睛：能看到百步之外的东西，但却看不见自己跟前的睫毛。大王您的军队自从被秦国和晋国打败之后，丧失了好几百里的土地，这就说明您的军队很弱小。庄𫏋在楚国境内东偷西抢，但官吏禁止不了他，这又说明大王您的国政非常混乱。大王您国内的兵弱政乱的局面不在越国之下，但还想去攻打越国，这就说明您的智慧像眼睛一样。"楚庄王因此便打消了当初的念头。

所以认识事物的困难之处，不在于知彼，而在于知己。故曰："能清楚地认识自己就叫做聪明。"

詹何猜牛

詹何坐，弟子侍，有牛鸣于门外，弟子曰："是黑牛也而白在其题。"

詹何曰："然，是黑牛也，而白在其角。"使人视之，果黑牛而以布裹其角。

以詹子之术，婴众人之心，华焉殆矣。

《韩非子·解老》

【译文】

　　詹何坐在屋子里，弟子们在旁侍候他，门外传来了牛的叫声，弟子说："这是一头白色额头的黑牛在叫。"

　　詹何说："是的，这是一头黑牛，但白色是在它的角上。"派人一看，果然是黑牛而角上裹着白布。

　　用詹何这种猜谜的办法，来打动众人之心，是虚浮有害的啊。

美与丑

　　杨子过于宋，东之逆旅，有妾二人，其恶者贵，美者贱。杨子问其故，逆旅之父答曰："美者自美，吾不知其美也；恶者自恶，吾不知其恶也。"

　　杨子谓弟子曰："行贤而去自贤之心，焉往而不美。"

《韩非子·说林上》

【译文】

　　杨朱经过宋国往东去，住在一家旅店里，店主有两个小老婆，其中长得丑的那个受宠尊贵，长得美的那个被轻视和冷落。杨朱问店主这是什么原因，旅店的老板回答说："长得漂亮的，自己认为她漂亮，我不知道她美在哪里；长得丑的知道自己丑，我也就不觉得她丑了。"

　　杨朱对身边的弟子说："行为高尚而又不自以为了不起，这样的人无论到哪儿，都会被人认为美的。"

所长无用

　　鲁人身善织屦①，妻善织缟，而欲徙于越。或谓之曰："子必穷矣。"

　　鲁人曰："何也？"

曰:"屦为履之也,而越人跣②行;缟为冠之也,而越人被发。以子之所长,游于不用之国,欲使无穷,其可得乎?"

《韩非子·说林上》

【注释】

①屦(jù):用麻葛等物制成的鞋。

②跣(xiǎn):赤脚。

【译文】

有个鲁国人自己会编织草鞋,妻子则很会织一种白色丝绸,他想搬到越国去居住。有人对他说:"你到了越国一定无法谋生。"

这个鲁国人说:"为什么呢?"

那个人回答说:"草鞋编出来是为了穿在脚上,但越国人个个打赤脚;白丝绸是做帽子用的,但越国人全都披散着头发。以你的长处,跑到用不着你的国家去,要想不穷困,那可能吗?"

远水不救近火

鲁穆公使众公子或宦于晋,或宦于荆。犁鉏①曰:"假人于越而救溺子,越人虽善游,子必不生矣。失火而取水于海,海水虽多,火必不灭矣,远水不救近火也。今晋与荆虽强,而齐近,鲁患其不救乎?"

《韩非子·说林上》

【注释】

①鉏(chú):同"锄"。

【译文】

鲁穆公派他的众公子有的到楚国去做官,有的到晋国去任职。犁鉏说:"向越国去求人来救鲁国人落水的孩子,越国人虽然很会游泳,但鲁国人的孩子也一定活不了。住内陆地方的人家里失火了,而到海边去取水来救火,海水即使再多,也一定浇不灭火,因为远处的水没法解救近处的火情。现在楚国和晋国虽然很强大,但齐国离我们很近,一旦它来侵犯,我恐怕晋楚两国大概救不了鲁国吧!"

相踶马

伯乐教二人相踶①马,相与之简子厩②观马。一人举踶马,其一人从后而循之,三抚其尻③而马不踶,此自以为失相。其一人曰:"子非失相也。此其为马也,蹚④肩而肿膝。夫踶马也者,举后而任前,肿膝不可任也,故后不举。子巧于相踶马而拙于任肿膝。"

《韩非子·说林下》

【注释】

①踶(dì):踢。

②厩(jiù):马圈、马棚。

③尻(kāo):屁股。

④蹚(wō):指骨折伤。

【译文】

伯乐教两个人鉴别踢人的马,他们一起到赵简子的马厩里去看马。有一个人指出一匹会踢人的马,另一个人顺着这匹马的后面去拍马屁股,把马屁股摸了几遍后这匹马便不踢人了,前面那个人认为自己相马失误了。摸马屁股的这个人说:"你相马并没有错误,你刚才说的这匹马的确是踢人的马,只是它肩骨已受伤而膝头有点肿。踢人的马一般来讲,都是举后腿踢人而用前腿支撑身体,这匹马前膝有些肿,支撑不了整个身体,所以后腿便没法抬起来踢人。你很会相爱踢人的马,却不善观察它的肿膝。"

蒙鸠为巢

南方有鸟焉,名曰蒙鸠,以羽为巢,而编之以发,系之苇苕①。风至苕折，卵破子死。巢非不完也，所系者然也。

《荀子·劝学》

【注释】

①苕(tiáo)：芦苇的花穗。

【译文】

南方有一种鸟，名叫蒙鸠。它用毛发把羽毛编织起来，做成鸟巢，又把巢结在芦苇花上。大风刮来，芦花折断，鸟蛋打破了，巢中的小鸟儿也摔死了。这并不是鸟巢做得不完美，而是芦花使得如此啊。

相剑者

相剑者曰："白所以为坚也，黄所以为牣①也，黄白杂则坚且牣，良剑也。"难者曰："白所以为不牣也，黄所以为不坚也，黄白杂则不坚且不牣也。又柔则锩，坚则折。剑折且锩，焉得为利剑？"

《吕氏春秋·似顺论·别类》

【注释】

①牣(rèn)：通"韧"，柔韧。

【译文】

有个相剑的人说："白色表示剑坚硬，黄色表示剑柔韧，黄白相杂就表示剑既坚硬又柔韧，这就是好剑。"和他抬杠的人说："白色表示剑不柔韧，黄色表示剑不坚硬，黄白相杂就表示剑既不坚硬又不柔韧。而且柔韧就会卷刃，坚硬就会折断。剑既容易折断又容易卷刃，怎么能算得上是利剑呢？"

黎丘丈人

梁北有黎丘部，有奇鬼焉，喜效人之子侄昆弟之状。邑丈人有之市而醉归者，黎丘之鬼效其子之状，扶而道苦之。丈人归，酒醒而诮^①其子曰："吾为汝父也，岂谓不慈哉？我醉，汝道苦我，何故？"其子泣而触地曰："孽矣！无此事也。昔也往责于东邑，人可问也。"其父信之，曰："嘻！是必夫奇鬼也！我固尝闻之矣。"明日端复饮于市，欲遇而刺杀之。明旦之市而醉，其真子恐其父之不能反也，遂逆迎之。丈人望其真子，拔剑而刺之。丈人智惑于似其子者，而杀其真子。

《吕氏春秋·慎行论·疑似》

【注释】

①诮（qiào）：责备。

【译文】

梁国的北部有个黎丘部，那里有个奇鬼，善于模仿人的子侄兄弟的模样。乡里有位老者去赶集，喝醉了酒回来，路上，遇见了奇鬼。黎丘奇鬼装成他儿子的模样，扶着他回家，在路上苦苦地折磨他。老者回到家，酒醒后责问他的儿子说："我是你的父亲，难道可以说不慈爱吗？我喝醉了，你在路上苦苦地折磨我，这是为什么？"他的儿子哭着磕头说："冤枉啊！没有这回事呀！昨天我到邑东讨债去了，别人可以作证。"老者信了他儿子的话，说："唉！这一定是那个奇鬼干的，我早就听说过它了。"第二天老者特地又去集市上喝酒，希望再遇到那个奇鬼，杀死它。第二天一大早，老者就上了集市，喝醉了酒，他的儿子担心自己的父亲回不了家，就去接他。老者看见他的儿子，以为又是奇鬼来了，就拔出剑刺死了他。老者的理智被装成他儿子的奇鬼所迷惑，而杀死了真正的儿子。

大鹏与焦冥

景公问晏子曰："天下有极大物乎？"

晏子对曰:"有。鹏足游浮云,背凌苍天,尾偃天间,跃啄北海,颈尾咳于天地,然而潦①潦不知六翮②之所在。"

公曰:"天下有极细者乎?"

晏子对曰:"有。东海有虫,巢于蟁③睫,再乳再飞,而蟁不为惊。臣婴不知其名,而东海渔者命曰焦冥。"

《晏子春秋·外篇第八》

【注释】

①潦(liáo):流通。

②翮(hé):翎管,羽毛的硬管。

③蟁(wén):蚊子。

【译文】

齐景公问晏子道:"天下有最大的东西吗?"

晏子回答说:"有。大鹏的脚在浮云上游动,背上升到青天,尾巴倒伏在天空里,跳起来张嘴到北海啄食,脖子和尾巴横隔在天地之间,可是还不知道它那有六根翎管的翅膀在什么地方。"

齐景公说:"天下有最小的东西吗?"

晏子回答说:"有。东海有种虫,在蚊子的睫毛上筑巢,不停地产子,不停地飞动,而蚊子却若无其事,不因此而惊慌。我晏婴不知道它叫什么名字,东海的渔夫却把它叫做焦冥。"

循表涉澭①

荆人欲袭宋,使人先表澭水。澭水暴益,荆人弗知,循表而夜涉,溺死者千有余人,军惊而坏都舍。

《吕氏春秋·慎大览·察今》

【注释】

①澭(yōng):古水名。

【译文】

　　楚国人想偷袭宋国，派人先在□水中做好渡河的标记。□水突然上涨，楚国人却不知道，仍按照标记在夜里徒步渡河，因此有一千多人被淹死，部队惊恐得像城里的房子倒塌一样。

九方皋相马

　　秦穆公谓伯乐曰："子之年长矣，子姓有可使求马者乎？"

　　伯乐对曰："良马可形容筋骨相也。天下之马者，若灭若没，若亡若失。若此者绝尘弭辙。臣之子皆下才也，可告以良马，不可告以天下之马也。臣有所与共担缠薪菜者有九方皋，此其于马非臣之下也。请见之。"

　　穆公见之，使行求马。三月而反报曰："已得之矣，在沙丘。"

　　穆公曰："何马也？"

　　对曰："牝而黄。"

　　使人往取之，牡而骊。穆公不说。召伯乐而谓之曰："败矣，子所使求马者，色物牝牡尚弗能知，又何马之能知也？"

　　伯乐喟然太息曰："一至于此乎！是乃其所以千万臣而无数者也。若皋之所观，天机也。得其精而忘其粗，在其内而忘其外。见其所见，不见其所不见；视其所视，而遗其所不视。若皋之相马，乃有贵乎马者也。"

　　马至，果天下之马也。

《列子·说符》

【译文】

秦穆公对伯乐说:"你的年纪大了,你的儿孙辈中有没有可以派去帮我寻找千里马的?"

伯乐回答说:"良马可以从它的形貌和筋骨上加以考察,但天下最好的马,评判的方法却似有似无,很难直观地把握。这种马奔跑不扬起灰尘,跑过后不留下足迹。我的儿孙们都是些凡庸之辈,他们可以找到一般的好马,却识别不了天下的最优良的马。我有一位共同打过柴挑过菜的伙伴,叫九方皋,这个人相马的本领不在我之下。我请求您召见他。"

秦穆公便召见了九方皋,让九方皋去寻找天下最优良的马。九方皋去了三个月,然后回来报告说:"已经找到了,在沙丘那儿。"

秦穆公问:"是匹什么样的马呢?"

九方皋说:"是匹母马,黄色的。"

秦穆公派人去取马,却是一匹黑色的公马。秦穆公不高兴,把伯乐找来,而对伯乐说:"差劲啊,你让我派去找天下无双的名马的九方皋,连马的毛色公母都分辨不清,还能识别马的好坏吗?"

伯乐长叹一声说:"难道他真的达到了这样的地步了吗!这就是他胜过我千万倍的地方,没有人能抵得上他。像九方皋这样的相马圣手所看到的,是马的天生的秘密。他抓住了马的根本,而忽视了马的皮毛粗迹,看到马的内在品质,而忽略了马的外表。他看到他认为应该注意的地方,而没看到他认为不需要看到的地方;观察了他认为必须观察的,而遗漏了他认为不必观察的。像九方皋这样的相马方法,有着比相马本身更重大的意义。"

等到把马取回来一看,果然是匹天下无双的好马。

杨布打狗

杨朱之弟曰布,衣素衣而出。天雨,解素衣,衣缁衣而反。其狗不知,迎而吠之。杨布怒,将扑之。

杨朱曰:"子无扑矣,子亦犹是也。向者使汝狗白而往黑而来。岂能无怪哉?"

《列子·说符》

【译文】

杨朱的弟弟叫杨布,穿着白色的衣服出去,遇上天下雨,便脱掉了白色的衣服,穿着黑色的衣服回家。他家里的狗认不出他了,便冲上去对他乱叫乱吼。杨布非常生气,准备上去将狗痛打一顿。

杨朱说:"你不要去打狗了,其实你也是这样的。如果你的狗出门时是白色的,回来时变成了黑色,你难道能不感到奇怪吗?"

枯梧不祥

人有枯梧树者,其邻父言枯梧之树不祥,其邻人遽而伐之。

邻人之父因请以为薪。

其人乃不悦曰:"邻人之父徒欲为薪,而教吾伐之也。与我邻若此,其险岂可哉?"

《列子·说符》

【译文】

有一个人家里的梧桐树枯死了,他邻居家的一位老头对他说让枯死的梧桐留在门前将不吉祥。他听了,马上把这棵枯梧桐砍了。

邻居家的老头便趁机请求把枯梧桐给他作柴禾。

这个人听了很不高兴,说:"邻居的老头只是因为想要拿梧桐树当柴禾,才叫我把梧桐砍了,与我做邻居的人竟是这种人,这难道不是太危险了吗!"

两小儿辩日

孔子东游,见两小儿辩斗,问其故。

一儿曰:"我以日始出时去人近,而日中时远也。"一儿以日初出远,而日中时近也。

一儿曰:"日初出大如车盖,及日中,则如盘盂,此不为远者小而近者大乎?"

一儿曰:"日初出沧沧凉凉,及其日中,如探汤,此不为近者热而远者凉乎?"

孔子不能决也。两小儿笑曰:"孰为汝多知乎?"

《列子·汤问》

【译文】

孔子到东方去游说,路上碰到两个小孩在争论什么,孔子便问他们争论的原因。

一个小孩说:"我认为太阳升起的时候离人近些,而中午的时候离人远些。"另一个小孩则认为太阳刚出来时离人远,而正午时离人近,前一个小孩说:"太阳刚出来的时候像车盖那样大,等到中午,只有盘钵那么大了,这不是因为离人远就看上去小,离人近就看上去大吗?"

另一个小孩说:"不对。太阳刚出来时,我们还觉得冷冷清清的,等到了中午,我们就觉得滚烫滚烫的,这难道不是因为离人近时才感到热,离人远时我们就觉得凉吗?"

孔子听了之后,也说不清谁对谁错。两个小孩笑着说:"谁说你知识丰富呢?连这个问题都说不清。"

疑邻窃斧

人有亡斧者,意其邻之子。视其行步,窃斧也;颜色,窃斧也;言语,窃斧也,动作态度无为而不窃斧也。

俄而抇①其谷而得其斧,他日复见其邻人之子,动作态度无似窃斧者。

《列子·说符》

【注释】

①扣(hú)：发掘。

【译文】

有个丢了斧头的人，心中怀疑是邻居家的儿子偷去了。他看到邻居家这个儿子走路的样子，像是偷了斧头的；再看看他的脸色，也像是偷斧头的；他讲话的姿态、动作、神态，样样都像是偷了斧头的。

不久，这个丢了斧头的人在山谷里挖土，找到了他的斧头。隔日再看他邻居家的儿子，动作神情没有一点像偷了斧头的。

施氏与孟氏

鲁施氏有二子，其一好学，其一好兵。好学者以术干齐侯，齐侯纳之以为诸公子傅；好兵者之楚，以法干楚王，王悦之，以为军正，禄富其家，爵荣其亲。

施氏之邻人孟氏，同有二子，所业亦同，而窘于贫，羡施氏之有，因从请进趋之方。二子以实告孟氏。孟氏之一子之秦，以术干秦王，秦王曰："当今诸侯力争，所务兵食而已。若用仁义治吾国，是灭亡之道。"遂宫而放之。其一子之卫，以法干卫侯，卫侯曰："吾弱国也，而摄乎大国之间。大国吾事之，小国吾抚之，是求安之道。若赖兵权，灭亡可待矣。若全而归之，适于他国，为吾之患不轻矣。"遂刖①之而还诸鲁。

既反，孟氏之父子叩胸而让施氏。

施氏曰："凡得时者昌，失时者亡。子道与吾同，而功与吾异，失时者也，非行之谬也。且天下理无常是，事无常非。先日所用，今或弃之；今之所弃，后或用之。此用与不用，无定是非也。投隙抵时，应事无方，属乎智，智苟不足，使君博如孔丘,术如吕尚,焉往而不穷哉?"

孟氏父子舍然无愠②容,曰:"吾知之矣,子勿重言。"

《列子·说符》

【注释】

①刖(yuè):古代砍掉双脚或脚趾的酷刑。

②愠(yùn):含怒,生气。

【译文】

鲁国的施氏有两个儿子,其中一个爱学术,另一个爱兵法。爱学术的儿子用文学之道去游说齐侯求官,齐侯接纳了他,让他做诸公子的老师。爱兵法的儿子到了楚国,用以武强国之术游说楚王求职,楚王非常喜欢他,让他担任军正之职,他们的俸禄让他们家里发了财,他们的爵位荣耀亲族。

施氏的邻居孟氏,同样有两个儿子,他们所学的也和施氏的儿子相同,但却被贫困的生活弄得非常窘迫,对施家的富有非常羡慕,因此便跟在施氏的后面,向施氏请教升官发财的窍门。施氏的两个儿子把实情告诉了孟氏。孟氏的一个儿子便跑到秦国去,用学术去劝说秦王来寻求一官半职,秦王说:"如今各诸侯国靠武力争霸,他们所努力从事的是练兵和聚粮罢了。如果用仁义道德来治理我们的国家,这无异于教我亡国之道。"结果将他处以宫刑,驱逐出境。孟氏的另一个儿子跑到卫国去,用兵法游说卫侯,卫侯说:"我的国家是个弱小的国家,而又夹在大国中间。对于大国,我们只有老老实实地侍奉它,小国家我们则好好地安抚,这才是求得平安的策略。如果依靠兵权,灭亡的日子也就不远了。如果让你好好地回去,你跑到别的国家去,对我的后患可不小。"于是便将孟氏的这个儿子砍了脚再送回鲁国。

孟氏的两个儿子都回来后,孟氏的父子都跑到施氏家里捶胸来责骂施氏。

施氏说:"凡事抓住了时机便会发达,错过时机便会招致灭亡。你们的学业是和我家的儿子相同,但结果大不一样,这是因为你们运用不合时宜,不是你们的行为有什么错误。况且天下的事理没有总是这样的,也没有总不是这样的。以前人们采用的东西,现在有可能已经抛弃了;现在人们丢弃的东西,后世可能人们又会加以使用。这种用与不用,是没有一定的。抓住时机,见机行事,灵活机动地处理问题,才算聪明。如果你智力不够,即使你像孔丘那样渊博,像吕尚那样富有谋术,又怎么能不处处碰壁呢?"

孟氏父子听了这一席话,心情开朗,怒气顿消,说:"我们懂了,你不必再讲了。"

惊弓之鸟

异日者,更羸与魏王处京台之下,仰见飞鸟。更羸谓魏王曰:"臣为王引弓虚发而下鸟。"魏王曰:"然则射可至此乎?"更羸曰:"可。"

有间,雁从东方来。更羸以虚发而下之。魏王曰:"然则射可至此乎?"更羸曰:"此孽也。"王曰:"先生何以知之?"对曰:"其飞徐而鸣悲。飞徐者,故疮痛也;鸣悲者,久失群也。故疮未息而惊心未至也。闻弦音,引而高飞,故疮陨也。"

《战国策·楚策四》

【译文】

从前有一天,更羸和魏王站在高台之下,仰头看见有飞鸟。更羸对魏王说:"我可以为您用拉弓而不发射箭矢的方法射下鸟来。"魏王说:"难道射术可以达到这样高的水平吗?"更羸说:"可以。"

停了一会儿,一只雁从东方飞来。更羸虚拉了一下弓弦就把它射下来了。魏王说:"射术怎么可以达到这样高的水平啊?"更羸说:"这是因为这雁有伤病"。魏王说:"你怎么知道的?"更羸回答说:"它飞得很慢而且叫声很凄惨。飞得慢,是因伤口痛;叫声凄惨,是因离群很久了。所以它伤口没有好而又惊魂未定,这时它听到弓弦发出的声音,用劲振翅往高处飞,导致伤口撕裂而坠落地上。"

螳螂捕蝉

园中有榆,其上有蝉。蝉方奋翼悲鸣,欲饮清露,不知螳螂之在后,曲其颈,欲攫而食之也。螳螂方欲食蝉,而不知黄雀在后,欲啄而食之也。黄雀方欲食螳螂,不知童子挟弹丸在榆下,迎而欲弹之。童子方欲弹黄雀,不知前有深坑,后有掘株也。

此皆贪前之利,而不顾后害者也。

韩婴《韩诗外传》

【译文】

园中有一棵榆树,树上有一只知了。知了扇动翅膀悲切地鸣叫,正准备吮吸些清凉的露水时,却不知道有只螳螂正在它的背后。螳螂弯起颈脖,打算把知了逮住吃掉。螳螂正要吃知了的时候,却不知道黄雀就在它的后面,黄雀是想啄死螳螂吃掉它。黄雀正想啄食螳螂时,却不知道榆树之下有个拿着弹丸的小孩,那小孩拉开弹弓正准备射黄雀。孩子正要射时,却不知脚前有个深坑,后面还有个树桩子。

这些鸟虫和那孩子都是贪图眼前的利益,而不顾身后隐藏着的祸害。

宓子论过

宾有见人于宓子者。宾出,宓子曰:"子之宾独有三过:望我而笑,是攓①也;谈语而不称师,是返也;交浅而言深,是乱也。"

宾曰:"望君而笑,是公也;谈语而不称师,是通也;交浅而言深,是忠也。"

故宾之容,一体也;或以为君子,或以为小人,所自视之异也。

《淮南子·齐俗训》

【注释】

①攓(qiān):简慢。

【译文】

宓子的一个朋友带一位客人来拜访宓子。客人走后,宓子对这个朋友说:"你带来的这位客人别的都好,就是有三个错误:一见我就笑,是轻慢和不懂规矩的表现;言谈中从不提起自己的老师,是一种对师门的叛逆行为;刚见面,交情还不深,就推心置腹地说一大堆,这是稀里糊涂的表现。"

那客人对这番批评辩驳道:"我一见你就笑,说明我坦荡无私;谈话中不提及我的老师,是为了打通师门之间的隔阂,以便交往;交情不深而敢说心里话,是对朋友忠诚和信任的表现。"

因此,这客人的言行本来就是一个样,但却可以被看作君子,也可以被看作小人,这完全是由于各人自己的看法不同。

北楚任侠者

北楚有任侠者,其子孙数谏而止之,不听也。县有贼,大搜其庐,事果发觉,夜惊而走,追道及之。其所施德者皆为之战,得免而遂反。

语其子曰:"汝数止吾为侠,今有难,果赖而免身,而谏我不可用也!"

知所以免于难而不知所以无难,论事如此,岂不惑哉!

《淮南子·氾论训》

【译文】

北楚有个人到处仗义行侠、打抱不平,他的子孙们好几次劝他少做些那种得罪人的事,但他不听。这个县的强盗为了报复他,潜入他家大肆搜寻,后来被他发觉,他惊慌地连夜逃走,强盗紧追不舍,在路上追上了他。幸亏他平时帮助过的人们都赶来帮他与强盗搏斗,他才免受强盗的伤害而回到家里。

他回家后对儿子说:"你好几次阻拦我行侠仗义,今天遇到灾难,却恰恰是凭借平日行侠的结果才免于一死。看来你们劝我的那些话是不管用的!"

这人知道为什么能够免遭灾祸却不知道怎样才能够不招惹灾祸,像这样看待事情,岂不是很糊涂吗!

西闾过东渡河

西闾过东渡河,中流而溺,船人接而出之,问曰:"今者子欲安之?"

西闾过曰:"欲东说诸侯王。"

船人掩口而笑曰:"子渡河,中流而溺,不能自救,安能说诸侯乎?"

西闾过曰:"无以子之所能相伤为也。子独不闻和氏之璧乎?价重千金,然以之间纺,曾不如瓦砖;随侯之珠,国之宝也,然用之弹,曾不如泥丸;骐骥𫘦𫘨,倚衡负轭①而趋,一日千里,此至疾也,然使捕鼠,曾不如百钱之狸;干将镆铘,拂钟不铮,试物不知,扬刃离金、斩羽、契铁斧,此至利也,然以之补履,曾不如两钱之锥。今子持楫乘扁舟,处广水之中,当阳侯之波而临渊流,适子所能耳。若诚与子东说诸侯王，见一国之主，子之蒙蒙，无异夫未视之狗耳。"

刘向《说苑·杂言》

【注释】

①轭（è）：车上部位。

【译文】

西闾过要渡河到东边去，渡至河中间就沉进水里了，船夫将他从水中救起，问道："先生现在要去哪儿呀？"

西闾过说："我想到东方去游说诸侯国的君王们。"

船夫捂着嘴巴笑道："你渡水渡到河中掉进水里，自己都救不了自己，又怎么能去游说诸侯呢？"

西闾过说："不要拿你的长处去伤害别人。你难道没听说过和氏之璧吗？这璧玉价值千金，但是用它来做纺线的纺锤，却不如瓦做的好用；还有随侯之珠，是国家的珍宝，但是用它来做弹丸，却不如泥做的弹丸好使。骏马**骐骥**拉着货车奔驰，一天就能跑上千里之路，这应说是很快的速度了，但是让它去抓老鼠，却不如只值百钱的野猫；名剑干将镆铘，砍在钟上，钟不会脆响，用它来切东西，毫不费力，挥舞起来，它的刀口可削铁斩羽，这剑应说是最锋利的了，但是用它来修补鞋子，却不如只值两文钱的锥子好使。现在，你拿着船桨，驾着小舟，在宽广的河水之上，经历汹涌的波涛，面对又深又急的水流，这正好是你所擅长的了。如果真的让你去东方诸国游说诸侯王，相信你见了一国之主，你那一无所知的傻样子，一定会与那种没有睁开眼睛的小狗完全一样。"

桓公知士

齐桓深知宁戚，将任之以政，群臣争谗之，曰："宁戚卫人，去齐不远，君可使人问之。若果真贤，用之未晚也。"

公曰："不然。患其有小恶者，民人知小恶忘其大美，此世所以失天下之士也。"乃夜举火而爵之,以为卿相。九合诸侯,一匡^①天下。

桓公可谓善求士矣!

刘昼《刘子·妄瑕》

【注释】

①匡(kuāng):纠正,改正。

【译文】

齐桓公很了解宁戚,准备起用他来处理政事。朝中的大臣们都争相说宁戚的坏话,还说:"宁戚是卫国人,卫国离我们这里不远,您可以派人去调查一下,如果宁戚真是一个贤才,再重用他也不迟。"

齐桓公说:"不能这样。我担心他有小小的过失。因为一般人往往注重别人小小的过失而忽视他占主导面的优点,而这又正是天下失去有德有才的人的原因啊!"于是,桓公当夜立即张灯结彩,大摆宴席款待宁戚,并请他担任齐国的相国。宁戚担任齐国的相国后,多次联合各诸侯国,促进了天下统一安定。

齐桓公可以说是善于发现人才的英明君王啊!

辨伏神文

余病痞且悸,谒医视之,曰:"惟伏神为宜。"明日,买诸市,烹而饵之,病加甚。召医而尤其故,医求观其滓,曰:"吁!尽老芋也,彼鬻^①药者欺子而获售。子之懵^②也,而反尤于余,不以过乎?"

余戍然惭,怅然忧,推是类也以往,则世之以芋自售而病乎人者众矣,又谁辨焉!

柳宗元《柳河东集》

【注释】

①鬻(yù):卖。

②懵（měng）：欺诈。

【译文】

　　我得了痞病，经常心悸，到医生那里求诊，医生说："只有服食伏神最妥当。"第二天，我从市场上买来伏神，煎煮后服了，哪知病情更加严重。请来医生，责问其中的缘故，医生要求观看一下药渣子，说："唉，这全是一些老芋头啊。那卖药的欺骗了你，让你买了假药。你也太无知了，却反而来责怪我，你难道不感到错了吗？"

　　我听后，感到紧张而惭愧，又恼又忧。将这件事推而言之，世上像以芋头充当伏神卖而坑害人的事是很多的了，但又有谁能明辨是非呢？

雁　　奴

　　雁奴，雁之最小者，性尤机警。每群雁夜宿，雁奴独不瞑，为之伺察。或微闻人声，必先号鸣，群雁则杂然相呼引去。

　　后乡人益巧设诡计，以中雁奴之欲。于是先视陂薮①雁所常处者，阴布大网，多穿土穴于其傍。

　　日未入，人各持束缊②并匿穴中，须其夜艾，则燎火穴外，雁奴先警，急灭其火。群雁惊视无见，复就栖焉。

　　于是三燎三灭，雁奴三叫，众雁三惊；已而无所见，则众雁谓奴之无验也，互唼迭击之，又就栖然。

　　少选，火复举，雁奴畏众击，不敢鸣。

　　乡人闻其无声，乃举网张之，率十获五。

宋祁《宋景文集》

【注释】

　　①陂薮（bēi sǒu）：指水草丰茂的湖泊沼泽地带。

　　②束缊（yùn）：捆扎的乱麻。可作火把。

【译文】

雁奴,是雁群中最小的雁,性情尤其机警。每当群雁夜晚停宿时,唯独雁奴不睡觉,为雁群观察放哨。有时稍微听见人的声音,它一定要先鸣叫起来,群雁便杂然而动,相互呼唤着飞离而去。

后来乡里人便巧妙地设下诡计,使雁奴上圈套而捕捉群雁。于是,乡里人先观察好湖泊沼泽这些为群雁所常栖的地方,在那里暗中布下大网,又在大网旁边挖上许多洞穴。

太阳还没落山,人们各自拿着麻束火把躲在洞穴中,等到夜尽天明时,就在洞外点起火来,雁奴先发出警叫声,人们连忙扑灭火。群雁惊醒后,没有发现什么异样,便又接着睡起觉来。

这样三次点火又三次扑灭,雁奴三次警鸣,众雁三次惊醒,最后都没有发现什么动静,众雁就责怪雁奴报警不灵验,都用嘴去啄它,并轮番攻击它,然后又都安然休息。

过了一会儿,火又点燃起来,雁奴害怕众雁的攻击,不敢再鸣叫。

乡里的人们见雁奴不再鸣叫,便张开大网捕捉,众雁大概十有五只被捉。

神钟辨盗

陈述古密直知建州浦城县日,有人失物,捕得莫知的为盗者。述古乃绐之曰:"某庙有一钟,能辨盗,至灵。"使人迎置后阁祠之,引群囚立钟前,自陈:"不为盗者,摸之则无声,为盗者摸之则有声。"述古自率同职,祷钟甚肃。祭讫,以帷围之,乃阴使人以墨涂钟。良久,引囚逐一令引手入帷摸之,出乃验其手,皆有墨,唯有一囚无墨,讯之,遂承为盗。盖恐钟有声,不敢摸也。

沈括《梦溪笔谈·权智》

【译文】

　　枢密院直学士陈述古任建州浦城知县时，有人丢失了东西，抓得了一些嫌疑分子，但不知谁是真盗。陈述古便哄这些涉嫌分子说："某某庙里有一口钟，能辨认盗贼，十分灵验。"于是派人将那口钟抬到官署后阁祭祀起来，又把那一群囚禁的人领到钟前，对他们说："没有偷东西的人，摸这钟是不会响的，而偷了东西的人一摸它，它就会发出响声。"陈述古亲自率领同事，在钟前很严肃地祷告了一番。祭祀完毕，便以帷帐将钟罩了起来，又秘密地派人把墨汁涂在钟上。过了一些时，他便领着被囚的犯人，让他们一个接一个地把手伸进帷帐里去摸钟，然后又分别检验他们的手，发现唯独一个人手上没有墨汁，其余的都有。陈述古对那个手上无墨汁的人进行了审讯，那人便承认了自己做盗贼的事。原来，那人是怕钟发出响声，所以没敢去摸它。

日　喻

　　生而眇①者不识日，问之有目者。或告之曰："日之状如铜盘。"扣盘而得其声。他日闻钟，以为日也。或告之曰："日之光如烛。"扪烛而得其形。他日揣籥②，以为日也。

　　日之与钟、籥亦远矣，而眇者不知其异，以其未尝见而求之人也。

苏轼《经进东坡文集事略·日喻》

【注释】

　　①眇(miǎo)：偏盲，此指双眼失明。

　　②籥(yuè)：一种古乐器，形状像笛、短管，有三孔、六孔或七孔。

【译文】

　　有个生下来就瞎了眼的人，不知道太阳是什么样子，就去问眼睛好的人。有人告诉他说："太阳的形状像个大铜盘。"盲人回到家中就敲起了铜盘,盘子发出了声响。后来他听到了钟声,认为这就是太阳了。又有人告诉他说:"太阳发光,就像蜡烛一样。"于是,盲人又去摸蜡烛,知道了蜡烛的形状。后来有一天,他摸到了竹笛,以为这就是太阳了。

太阳与钟、竹笛相差太远了,但是盲人不知道它们之间的区别,这是因为他根本未见过太阳,只是向别人打听的缘故。

乌贼求全

海之鱼,有乌贼其名者,呴①水而水乌。戏于岸间,惧物之窥己也,则呴以自蔽。海鸟视之而疑,知其鱼而攫之。

呜呼!徒知自蔽以求全,不知灭迹以杜疑,为窥者之所窥。哀哉!

苏轼《鱼说》

【注释】

①呴(xū):吐出。

【译文】

海中有种鱼,名叫乌贼,它能从口中吐出乌水而使海水变黑。一天,一只乌贼在海岸附近游玩,它害怕其他动物发现它,便吐出黑水把自己隐蔽起来。一只海鸟看到了一团乌黑的海水,感到很奇怪,后来知道黑水下面有鱼,便冲向水里将乌贼抓了起来。

唉!乌贼只知道口吐黑水隐蔽、保全自己,却不知道销声灭迹以消除海鸟的怀疑,最后反被海鸟发现,真是可悲!

季子投师

商季子笃好玄,挟资游四方,但遇黄冠士,辄下拜求焉。偶一猾觊①取其资,绐曰:"吾得道者,若第从吾游,吾当授

谐文趣心

若。"季子诚从之游，猾伺便未得，而季子趣授道。一日，至江浒，猾度可乘，因绐曰："道在是矣。"曰："何在？"曰："在舟樯②杪，若自升求之。"其人置资囊樯下，遽援樯而升，猾自下抵掌连呼趣之曰："升。"季子升无可升，忽大悟，抱樯欢叫曰："得矣！得矣！"猾挈③资疾走。季子既下，犹欢跃不已。观者曰："咄，痴哉！彼猾也，挈若资走矣。"季子曰："吾师乎！吾师乎！此亦以教我也。"

耿定向《权子》

【注释】

①觊（jì）：贪图。

②樯（qiáng）：桅杆。

③挈（qiè）：提，拎。

【译文】

商季子特别喜欢玄学，带着钱财云游四方，只要遇见戴黄帽子的道士，就跪下来请求人家赐教。碰巧一个骗子想骗他的钱财，欺哄他说："我是得道的人，你如果跟随我云游，我会传道给你。"季子听信他的话，跟随他四处游玩，骗子想寻找机会，但没找到，而季子却不断催促他传道。一天，他们来到江边，骗子估计有机可乘，于是欺骗他说："道在这里啊！"季子问："在哪里？"骗子说："在船樯桅顶端，你自己爬上找罢！"季子于是把钱袋放在桅杆下，急忙顺着杆子往上爬，骗子在下面拍手连连催促他说："快上！快上！"季子爬上顶端没法再上，忽然恍然大悟抱着桅樯欢呼道："得道了！得道了！"骗子抓起钱袋赶忙逃走了。季子已经从桅杆上下来，却还欢呼不止。旁观者说："唉，愚蠢啊！那是个骗子，拿了你的钱财逃走了。"季子说："他是我师傅啊！他是我师傅啊！这也是在教我啊！"

当止不止

有樵者，山行遇虎，避入石穴中，虎亦随入。穴故嵌空而缭曲,辗转内避,渐不容虎,而虎必欲搏樵者,努力强入。

樵者窘迫,见旁一小窦,仅足容身,遂蛇行而入。不意蜿蜒数步,忽睹天光,竟反出穴外。乃力运数石,窒虎退路,两穴并聚柴以焚之,虎被熏灼,吼震岩谷,不食顷,死矣。

此事亦足为当止不止之戒也。

纪昀《阅微草堂笔记·姑妄听之》

【译文】

有一个砍柴人,在山路上行走时碰到了老虎,赶紧跑进一个石洞里躲起来,老虎也跟着进入洞里。那个石洞像一个张开的大口,里面曲曲折折。砍柴人辗转着向石洞的深处躲藏,而石洞越来越小,渐渐容不下老虎的身躯了,但那老虎不吃掉砍柴人不罢休,便使劲地往深处钻。

砍柴人正处在紧迫危急时,忽然发现旁边有一个小孔穴,仅仅只能容纳身子,他就像蛇那样爬了进去。没想到蜿蜒走了几步,忽然发现有光亮,竟由此而钻出了洞外。砍柴人奋力运来很多大石块,将老虎的退路堵住,并在石洞的两个出口都堆放上柴草,点火焚烧。老虎在洞内被火熏烤,发出震撼山谷的吼声。不到一顿饭的时间,老虎就死去了。

这件事已足够为那些当止不止的行为作鉴戒了!

官场怪相

楚王好细腰

昔者,楚灵王好士细腰。故灵王之臣,皆以一饭为节,胁息然后带,扶墙然后起。比期年,朝有黧^①黑之色。

《墨子·兼爱中》

【注释】

①黧(lí):黑色。

【译文】

从前,楚灵王喜欢腰细的官吏,所以楚灵王手下的大臣,都纷纷节食,每天只吃一顿饭,每天起床整装时屏住呼吸,然后才勒住腰带,扶着墙慢慢站起来。到了一年之后,宫中的官吏个个变得面黄肌瘦了。

越王好士勇

昔越王勾践,好士之勇,教驯其臣。和合之,焚舟失火,试其士曰:"越国之宝尽在此。"越王亲自鼓其士而进之。士闻鼓音,破碎乱行,蹈火而死者,左右百人有余,越王击金而退之。

《墨子·兼爱中》

【译文】

从前越王勾践,喜爱英勇无畏的官吏,教导训练朝臣们要勇往直前。他暗中派了人焚烧内宫房屋,然后说是宫中失火了,考验他手下的官吏们说:"越国的宝藏全在这里面。"勾践亲自击鼓督促官吏们赴火中救宝。官吏们听到鼓声,争先恐后地朝火中跑去,掉在火海中被烧死的,仅勾践身边的大臣就有一百多人,越王这才鸣金把官吏们召唤回来。

五十步笑百步

梁惠王曰:"寡人之于国也,尽心焉耳矣。河内凶,则移其民于河东,移其粟于河内。河东凶亦然。察邻国之政,无如寡人之用心者。邻国之民不加少,寡人之民不加多,何也?"

孟子对曰:"王好战,请以战喻。填然鼓之,兵刃既接,弃甲曳兵而走。或百步而后止,或五十步而后止。以五十步笑百步,则何如?"

曰:"不可,直不百步耳,是亦走也。"

曰:"王如知此,则无望民之多于邻国也。"

《孟子·梁惠王上》

【译文】

梁惠王说:"我对于治理国家,可以说是非常尽心了。黄河北部收成不好,我就把老百姓迁往黄河南部就食,并向灾区运送粮食;黄河南部闹饥荒我也是采取这种方法。我看邻国的执政者治国,没有人像我这样尽心尽意的,但邻国的百姓并没减少,我的国家的百姓也并没增加,是何缘故?"

孟子回答说:"梁王您喜欢打仗,我请求用打仗来打比方。战鼓咚咚地敲起来了,一场短兵相接的战斗开始了,可有些士兵丢了武器向后逃。其中有的跑了百步远停下来,有的跑了五十步远停下来。跑了五十步远的嘲笑跑了一百步远的,那么样呢?"

梁惠王说:"不行,跑了五十步的虽说还不到一百步的那么远,可他们也同样是逃跑。"

孟子说:"梁王您既是明白了这个道理,那也就无怪乎您的老百姓并不比邻国的多了。"

鹓鶵①

惠子相梁,庄子往见之。

或谓惠子曰:"庄子来,欲代子相。"

于是惠子恐,搜于国中三日三夜。

庄子往见之,曰:"南方有鸟,其名为鹓鶵,子知之乎?夫鹓鶵,发于南海而飞于北海,非梧桐不止,非练实不食,非醴泉不饮。于是鸱②得腐鼠,鹓鶵过之,仰而视之曰:'吓'!今子欲以子之梁国而吓我邪?"

《庄于·秋水》

【注释】

①鹓鶵(yuānchú):传说与凤凰同类的鸟。

②鸱(chī):鹞鹰。

【译文】

惠子做了梁国的相国,庄子准备前去看望惠子。

有人对惠子说:"庄子这次来梁国,是想取代你做相国。"

惠子因此很害怕,在梁国国都中到处搜查庄子,搜查了三天三夜。

庄子就去见惠子,对惠子说:"南方有一种鸟,它的名字叫鹓鶵,你听说过这种鸟吗?鹓鶵这种鸟,它从南海起飞而往北海,不是梧桐树它不栖,不是竹子结的果实它不吃,不是醴泉它不饮。在路上有只猫头鹰抓到了一只死老鼠,看到鹓鶵从上面飞过,仰头怒视,对鹓鶵发出'吓'的吼声,现在你想用你的梁国的相位来对我吼叫吗?"

弥子瑕失宠

昔弥子瑕有宠于卫君。卫国之法:窃驾君车者罪刖。

弥子瑕母病，人间有夜告弥子，弥子矫驾君车以出，君闻而贤之曰："孝哉！为母之故，忘其犯刖罪。"异日，与君游于果园，食桃而甘，不尽，以其半啖君，君曰："爱我哉！忘其口味，以啖寡人。"

及弥子瑕色衰爱弛，得罪于君。君曰："是固尝矫驾吾车，又尝啖我以余桃。"

故弥子之行未变于初也，而以前之所以见贤而后获罪者，爱憎之变也。

《韩非子·说难》

【译文】

弥子瑕很受卫君的宠幸。卫国的法令规定，私下驾驶国君的乘车出去的人，要受刑砍掉腿脚。弥子瑕的母亲生病了，有人得知这一消息，夜间去告诉了弥子瑕，弥子瑕假托卫君的命令，驾驭着国君的车子赶回家去，卫君听说此事后赞扬弥子瑕说："真是个孝子啊！因为母亲生病的缘故，连砍脚的刑法都忘记了。"另有一天，弥子瑕陪同卫君在果园里游玩，弥子瑕摘了一个桃子吃，觉得很甜，就没有吃完，把剩下的一半留给卫君吃，卫君吃着桃子，说："弥子瑕太热爱我了！忘记他吃过会在桃子上留有余味，而拿来给我吃。"

等到弥子瑕人老珠黄，不再受宠，得罪了卫君。卫君就说："弥子瑕这个人曾假传我的命令驾走了我的车，又曾让我吃他啃过的桃子。"

所以说弥子瑕的行为并没有什么改变，但以前因此受宠爱，而后来又因此而被指责，原因是卫君的爱憎感情发生了变化。

纣为象箸

昔者纣为象箸而箕子怖。以为象箸必不加于土铏[①]，必将犀玉之杯。象箸玉杯不羹菽藿，则必旄[②]象豹胎。旄象豹胎,必不衣短褐而食于茅屋之下,则锦衣九重,广室高台。吾畏其卒,故怖其始。居五年,纣为肉圃,设炮烙,登糟丘,临酒池,纣遂以亡。

《韩非子·喻老》

【注释】

①铏(xíng):古代盛羹的器皿。

②旄(máo):牦牛。

【译文】

　　从前商纣王使用象牙筷子进餐,大臣箕子忧心如焚。箕子认为象牙筷子一定不会放在土钵子里,一定会要弄来犀牛角和美玉做的杯盘与之配合。而象牙筷子和精美的杯盘是不会盛蔬菜汤的,那么就一定用来装珍禽异兽的豹胎作菜。如果吃的是珍禽异兽的豹胎,那么就一定不会身穿粗布短衣坐在茅屋里来进餐,而一定会是穿着层层叠叠的锦绣,住在高楼大厦里享受。我害怕将要出现的结局,所以就对开始感到忧惧。过了五年之后,纣王真的建起了挂满肉的园子,设了炮烙之刑,登上酒糟堆成的山丘,在酒池边流连忘返,因此而招致了灭亡。

郢书燕说

　　郢人有遗燕相国书者,夜书,火不明,因谓持烛者曰:"举烛。"而误书举烛。举烛,非书意也,燕相受书而说之,曰:"举烛者,尚明也;尚明也者,举贤而任之。"燕相白王,王大说,国以治。治则治矣,非书意也。今世举学者,多似此类。

《韩非子·外储说左上》

【译文】

　　郢都有个人要给燕国的丞相写封书信,他在晚上写信,灯光不亮,便对拿火烛的人说:"举烛。"说着话,因而笔误写上了"举烛"两个字。"举烛"这两个字本不是他要写到信里的意思,燕国的丞相收到信后却很高兴,说:"举烛,它的意思乃是崇尚光明,而崇尚光明,就是要推举贤德的人而加以任用。"燕国的丞相把这个意思告诉了燕王,燕王非常高兴,燕国因此而治理得十分好。国家虽然治理好了,但"举烛"两个字毕竟不是写信人的意思。现在的学者治学多与此相类似。

击鼓戏民

楚厉王有警鼓与百姓为戒,饮酒醉,过而击之也。民大惊。使人止之,曰:"吾醉而与左右戏,过击之也。"民皆罢。

居数月,有警,击鼓而民不赴,及更令明号而民信之。

《韩非子·外储说左上》

【译文】

楚厉王时,楚国如遇有紧急敌情,国王就击鼓来召集老百姓前往守卫。有一天楚厉王喝醉了酒,糊里糊涂地击起鼓来,老百姓非常紧张,急急忙忙地赶来,却并没有看到敌情,楚厉王派人去拦住赶来的百姓,说:"是我喝醉了酒和身边的人闹着玩,失手击响了鼓。"老百姓松了一口气,各自散去。

过了几个月,楚国真的出现了紧急军情,楚厉王击鼓但却没有一个老百姓赶到,只好更改号令,重新颁布实施,老百姓这才相信。

棘刺刻猴

燕王好征巧术人,卫人请以棘刺之端为母猴。燕王说之,养之以五乘之奉。

王曰:"吾试观客为棘刺之母猴。"

客曰:"人主欲观之,必半岁不入宫,不饮酒食肉,雨霁日出,视之晏阴之间,而棘刺之母猴乃可见也。"燕王因养卫人,不能观其母猴。

郑有台下之冶者谓燕王曰:"臣为削者也,诸微物必以削削之,而所削必大于削。今棘刺之端不容削锋,难以治棘刺之端。王试观客之削,能与不能可知也。"

王曰:"善。"谓卫人曰:"客为棘刺之母猴何以?"

曰:"以削。"

王曰:"吾欲观见之。"

客曰:"臣请之舍取之。"因逃。

《韩非子·外储说左上》

【译文】

燕王喜欢精微巧妙的东西,有个卫国人请求用枣树刺的尖端做材料雕成猕猴。燕王听了非常高兴,用五乘车价值的丰厚俸禄供养起那个卫国人。

燕王说:"我想看一看你在枣刺尖端雕刻成的那只猕猴。"

那个卫国人说:"国君如果要看枣刺尖端雕刻成的猕猴,一定得半年不能进后宫,不能喝酒吃荤,选一个雨过天晴的日子,天空半阴半明,才可以看到枣刺尖端的那只猕猴。"燕王只好把那个卫国人养起来,而没法去看他雕刻的猕猴。

有个从郑国台下来的铁匠对燕王说:"我是个制雕刻刀的铁匠,各种微小的东西都一定要用雕刻刀去雕刻才成,因而所雕刻的东西一定要比雕刻刀大。现在枣树刺的尖端还容不下雕刻刀的刀锋,那就没法在枣树刺的尖端上雕刻。大王您只要看看那个卫国人是怎样雕刻的,他能不能雕成猕猴也就知道了。"

燕王说:"好的。"对那个卫国人说:"你在枣树刺尖端雕刻猕猴用的是什么工具?"

那个卫国人回答说:"用的是雕刻刀。"

燕王说:"我想看看你的雕刻刀。"

那个卫国人回答说:"我的雕刻刀在宿舍里,让我回屋里去拿来。"于是,他便借机逃跑了。

梦　灶

卫灵公之时,弥子瑕有宠,专于卫国。侏儒有见公者曰:"臣之梦践矣。"

公曰:"何梦?"

对曰:"梦见灶,为见公也。"

公怒曰:"吾闻见人主者梦见日,奚为见寡人而梦见灶?"

对曰:"夫日兼烛天下,一物不能当也。人君兼烛一国,一人不能壅也,故将见人主者梦见日。夫灶,一人炀①焉,则后人无从见矣。今或者一人有炀君者乎?则臣虽梦见灶,不亦可乎!"

《韩非子·内储说上》

【注释】

①炀(yáng):烘烤。

【译文】

卫灵公的时候,弥子瑕很受宠幸,在卫国独揽大权。有个侏儒特地去拜见卫灵公,说:"我做的一个梦应验了。"

卫灵公说:"你做的什么梦?"

侏儒回答说:"我梦见了灶,预示我将要见到您。"

卫灵公很生气说:"我听说要见国君的人会梦见太阳,为什么你见到我而只梦见灶呢?"

侏儒回答说:"太阳的光芒普照大地,没有什么东西能挡住它。作为国君他就能光照全国,也没有一个人能遮蔽他,所以将见国君要梦见太阳。而灶的光芒只从一个灶口里射出来,只能供一个人取暖,站在后面的人就看不到灶里的光亮了。现在您的身边也许有一个人,只有他一个人能感到您的光辉和温暖吧? 如果是这样,那么我梦见灶而后见到您,不也是可以的么?"

卫人教女

卫人嫁其子而教之曰:"必私积聚。为人妇而出,常也;成其居,幸也。"

其子因私积聚,其姑以为多私而出之,其子所以反者倍其所以嫁。其父不自罪于教子非也,而自知其益富。

今人臣之处官者皆是类也。

《韩非子·说林上》

【译文】

有个卫国人嫁女儿时教导女儿说:"一定要私下多攒点私房钱。给人家做媳妇而被休回家,是常事;不被休回娘家,那是侥幸的事。"

他的女儿出嫁以后,就按照父亲的教导想方设法攒私房钱。她的公婆认为她积攒私房太多,便将她赶了回去。这个卫人的女儿带回的钱财是带去的嫁妆的两倍。她的父亲不责怪自己教女的错误,反而自鸣得意于捞回了成倍的财富。

如今那些做官为吏的人为官处世,都很像那个卫人。

献　鸠

邯郸之民,以正月之旦献鸠于简子,简子大悦,厚赏之。客问其故。

简子曰:"正旦放生,亦有恩也。"

客曰:"民知君之欲放之,竞而捕之,死者众矣。君如欲生之,不若禁民勿捕;捕而放之,恩过不相补矣。"

简子曰："然！"

《列子·说符》

【译文】

邯郸的老百姓惯于在正月初一这一天给赵简子贡献斑鸠，赵简子非常高兴，给献斑鸠的人很多赏赐。有个客人问赵简子为什么要这样做。

赵简子说："正月初一这天为禽鸟放生，是要显示我的恩德。"

客人说："老百姓如果知道您将要把他们献来的斑鸠放了，一定会争着去捕捉，这样捕捉时打死的斑鸠要比抓住的还多。您如果确实是想让斑鸠活命，还不如禁止老百姓去捕捉；捉住了再放走，这样做的恩德还弥补不了让老百姓去捕捉的过失。"

赵简子说："你说得对！"

和氏献璧

楚人和氏得玉璞楚山中，奉而献之厉王。厉王使玉人相之，玉人曰："石也。"王以和为诳①，而刖其左足。

及厉王薨②，武王即位，和又奉其璞而献之武王。武王使玉人相之，又曰："石也。"王又以和为诳，而刖其右足。

武王薨，文王即位，和乃抱其璞而哭于楚山之下，三日三夜，泣尽而继之以血。王闻之，使人问其故，曰："天下之刖者多矣，子奚哭之悲也？"

和曰："吾非悲刖也，悲夫宝玉而题之以石，贞士而名之以诳，此吾所以悲也。"

王乃使玉人理其璞而得宝焉，遂命曰"和氏之璧"。

《韩非子·和氏》

【注释】

①诳（kuáng）：欺骗，迷惑。

②薨（hōng）：古代称诸侯或大官的死。

【译文】

楚国的和氏在荆山中得到一块璞玉，恭恭敬敬地捧着它献给了楚厉王。楚厉王让玉工对这块璞玉进行鉴定，玉工鉴定后说："这是一块石头。"楚厉王认为和氏是欺骗自己，便治罪砍掉了和氏的左脚。

等到楚厉王死后，楚武王继位为君。和氏又捧着他的璞玉来献给武王。楚武王派玉工来作鉴定，玉工又说："这是块石头。"楚武王也认为和氏在欺骗自己，便又治罪砍掉了和氏的右脚。

楚武王死后，楚文王即位了，和氏就抱着他的璞玉在荆山下伤心地痛哭，哭了三天三夜，眼泪哭干了，哭出血来。楚文王听说此事，派人去荆山问和氏为什么这样，说："天下被砍掉双脚的人多得很，你何必哭得这样伤心呢？"

和氏说："我不是因为自己被砍了双脚而伤心，我伤心的是这块宝玉而总被人说成是石头，忠心耿耿的人但却被当成了骗子，这些才是使我真正感到伤心的。"

楚文王便命玉工琢磨加工这块璞玉，真的是一块宝玉，便给它取名叫"和氏之璧"。

兰子进技

宋有兰子者，以技干宋元。宋元召而使见其技。以双枝长倍其身，属其胫，并趋并驰。弄七剑，迭而跃之，五剑常在空中。元君大惊，立赐金帛。

又有兰子能燕戏者，闻之，复以干元君。元君大怒曰："昔有异技干寡人者，技无庸，适值寡人有欢心，故赐金帛。

彼必闻此而进,复望吾赏。"拘而拟戮之,经月乃放。

《列子·说符》

【译文】

宋国有个流浪艺人,用技艺去为宋元君表演,以求赏赐。宋元君召见了他,让他表演技艺。这个艺人用两根比他身体长一倍的木棍,绑在小腿上,边走边跑。舞弄着七把剑,并把七把剑交替抛起来,总有五把剑抛在空中,只有两把留在手里。宋元君看了觉得非常惊异,立即赏赐了这位艺人钱和布帛。

另有一位流浪艺人会演戏,听说有人以技艺获赏,也想凭自己的演出去求得宋元君的赏赐。宋元君勃然大怒,说:"先前有个艺人用他不同一般的技艺来求得赏赐,技艺本无用之事,当时正碰到我心情愉快,所以赐给了他钱和布帛。这次的这一位艺人一定是听说了那件事来效仿的,又希望我来赏赐他。"于是宋元君派人把他抓起来,并准备杀掉他,关了一个多月才放走。

挂牛头卖马肉

灵公好妇女而丈夫饰者,国人尽服之。公使吏禁之,曰:"女子而男子饰者,裂其衣,断其带!"裂衣断带相望,而不止。晏子见,公问曰:"寡人使吏禁女子而男子饰者,裂断其衣带,相望而不止者,何也?"晏子对曰:"君使服之于内而禁之于外,犹悬牛首于门而卖马肉于内也。公何以不使内勿服,则外莫敢为也。"公曰:"善。"使内勿服。不逾月,而国人莫之服。

《晏子春秋·内篇·杂下》

【译文】

齐灵公喜欢女人穿得像男人一样,于是齐国的女人都穿上了男装。齐灵公就派官吏去禁止女人们穿男装,说:"凡穿男装的女人,就撕破她的衣服,割断她的衣带!"可虽然受到裂衣断带处罚的人很多,但女人们却照旧穿男装。这天,晏子朝见齐灵公,齐灵公问他道:"我派官吏去禁止女人穿男装,凡穿男装者就撕破她的衣服、割断她的衣带,可虽然受到处罚的人很多,但女人们却依然穿男装,这是为什么?"晏子回答说:"您让宫内的女人穿男装却禁止外边的女人穿男装,这就如同在门上挂牛头却在门内卖马肉一样。您为什么不命令宫内的女人也不得穿男装,这样,外边的女人就不敢穿男装了。"齐灵公说:"对啊。"于是下令宫内的女人不得穿男装。没过一个月,齐国的女人就不再穿男装了。

宋王与使者

齐攻宋,宋王使人候齐寇之所至。使者还,曰:"齐寇近矣,国人恐矣。"左右皆谓宋王曰:"此所谓'肉自至虫'者也。以宋之强,齐兵之弱,恶能如此?"宋王因怒而诎杀之。又使人往视齐寇,使者报如前,宋王又怒诎杀之。如此者三。其后又使人往视:齐寇近矣,国人恐矣。使者遇其兄,曰:"国危甚矣,若将安适?"其弟曰:"为王视齐寇,不意其近而国人恐如此也。今又私患乡之先视齐寇者,皆以寇之近也报而死。今也报其情,死;不报其情,又恐死。将若何?"其兄曰:"如报其情,有且先夫死者死,先夫亡者亡。"于是报于王曰:"殊不知齐寇之所在,国人甚安。"王大喜。左右皆曰:"乡之死者宜矣。"王多赐之金。寇至,王自投车上,驰而走,此人得以富于他国。

《吕氏春秋·贵直论·壅塞》

【译文】

齐国攻打宋国,宋王派人去侦察齐军到了什么地方。派出去的人回来说:"齐寇已经临近,国民惊恐不安。"左右近臣都对宋王说:"这就是所谓的'肉腐烂了自然招致虫害'啊。现在凭着宋国的强大,齐军的弱小,怎么会到如此地步?"宋王于是大怒,把派去的人屈杀了。接着又派人去察看齐军的情况,派去的人的报告同前面那个人的一样,宋王又大怒,把第二个人也屈杀了。像这样一共杀了三个人。过后又派人去察看:齐军确实已经临近,国民确实是惊恐不安。派去的人遇见了他的哥哥。他的哥哥说:"国家已经非常危险了,你还要去哪里?"派去的人说:"我替国君察看齐寇的情况,没想到他们已离得这么近而国民已经如此恐惧。现在我担心的是先前察看齐寇情况的人,都因为报告齐军迫近而屈死了。如今我报告实情是死,不报告实情恐怕也是一死。我该怎么办呢?"他的哥哥说:"如果报告实情,你又将先于死者死,先于亡者亡。"于是派去的人向宋王报告说:"我根本就没看见齐寇在哪里。国民很安定。"宋王非常高兴。左右近臣都说:"先前被杀的人的确该死。"宋王赏赐给这个人许多钱。齐军到,宋王自己跳到车中,急驰而逃,这个人也逃亡他国,生活得非常富裕。

扁鹊见秦武王

医扁鹊见秦武王,武王示之病,扁鹊请除。

左右曰:"君之病,在耳之前,目之下,除之未必已也,将使耳不聪,目不明。"

君以告扁鹊。

扁鹊怒而投其石,曰:"君与知之者谋之,而与不知者败之。使此知秦国之政也,则君一举而亡国矣!"

《战国策·秦策二》

【译文】

扁鹊曾有一次去见秦武王,武王把自己的病情让他察看了,扁鹊请求给武王治病。

武王身边的臣子们说："君王您的病生在耳之前，目之下，要治未必能彻底治好，恐怕还会弄得耳聋、眼瞎。"

武王将这些话告诉了扁鹊。

扁鹊气得扔下石针，说："君王您同懂医道的人商议治病的事，却又同不懂医道的人坏了这件事。倘若用这样的态度和方法来管理秦国的政事，那么君王您必然会一下子导致秦国灭亡！"

郭君出亡

昔郭君出亡，谓其御者曰："吾渴欲饮。"御者进清酒。曰："吾饥欲食。"御者进干脯粱糗①。曰："何备也？"御者曰："臣储之。"曰："奚储之？"御者曰："为君之出亡而道饥渴也。"曰："子知吾且亡乎？"御者曰："然。"曰："何以不谏也？"御者曰："君喜道谀而恶至言。臣欲进谏，恐先郭亡，是以不谏也。"郭君作色而怒曰："吾所以亡者，诚何哉？"御者转其辞曰："君之所以亡者，太贤。"曰："夫贤者所以不为存而亡者，何也？"御曰："天下无贤而君独贤，是以亡也。"郭君喜，伏轼而笑，曰："嗟乎！夫贤人如此苦乎？"于是，身倦力解，枕御膝而卧。御自易以备，疏行而去。身死中野，为虎狼所食。

韩婴《韩诗外传》卷六

【注释】

①糗（qiǔ）：炒熟的米麦等干粮。

【译文】

从前，郭国的国君逃亡在外，他对他的车夫说："我渴了，想喝水。"车夫便献上了清酒。郭君又说："我饿了,想吃东西。"车夫又献上干肉和干粮。郭君问："你哪来的这些东西?"车夫说："是我储存的。"又问："你为什么要储存呢?"车夫答道："是为您出逃时路上充饥解渴。"问："你知道我要出逃吗?"车夫说："知道。"问："你为什么事先不劝谏我呢?"车夫回答说："因为您喜欢听奉承话,讨厌别人说真话。我本想劝谏您,又恐怕自己比郭国先亡,所以我不敢劝。"郭君一听,马上变了脸色,大怒道："我之所以落得逃亡在外,究竟是因为什么?"车夫见状,马上改换了口气说："您逃亡在外,是因为您太贤明了。"郭君又问："贤明之人不被国人收留却逃亡在外,这是为什么呢?"车夫答道："天下没有贤明人,只有您一人贤明,所以才逃亡在外。"郭君听后十分高兴,伏在车轼上笑了起来,说："哎,贤明的人为什么受这种苦呀?"他感到全身疲惫,没力气,就枕着车夫的腿睡着了。车夫于是用干粮枕在郭君头下,偷偷地溜走了。后来郭君死在野外,被虎狼吃掉了。

苛政猛于虎

孔子过泰山侧,有妇人哭于墓者而哀。夫子式而听之。

使子路问之,曰:"子之哭也,一似重有忧者。"而曰:"然。昔者吾舅死于虎,吾夫又死焉,今吾子又死焉!"

夫子曰:"何为不去也?"

曰:"无苛政。"

夫子曰:"小子识之,苛政猛于虎也!"

《礼记·檀弓下》

【译文】

孔子路过泰山旁边时,看见一个妇人在坟前哭得十分伤心。孔子扶着车轼仔细地听着。

　　孔子让子路去问她,说:"你哭得这样伤心,必定是有深重的苦难吧?"那妇人说:"是的。从前我公公死在老虎口里,我的丈夫后又被老虎吃了,现在我的儿子也被老虎咬死了!"

　　孔子说:"你为什么不离开这里呢?"

　　妇人说:"这里没有繁重的赋税。"

　　孔子说:"年轻人要记住:苛政要比吃人的老虎还凶猛呀!"

惠子家穷

　　惠子家穷,饿数日不举火,乃见梁王。王曰:"夏麦方熟,请以割子可乎?"惠子曰:"施方来,遇群川之水涨,有一人溺流而下,呼施救之。施应曰:'我不善游,方将为子告急于东越之王,简其善游者以救子,可乎?'溺者曰:'我得一瓢之力则活矣。子方告急于东越之王,简其善游者以救我,是不如救我于重渊之下,鱼龙之腹矣!'"

符朗《符子》

【译文】

　　惠子家里很贫穷,饿了很多天都无法烧火弄饭,惠子便去找梁王帮忙。梁王说:"夏季的麦子快熟了,到时割了给你行吗?"惠子说:"我来这里的时候,在路上正遇上大小河流涨水,有一个人掉进河里了,顺流直下,喊我救他。我说:'我不会游泳,让我为你向东越王求救,让他选择善于游水的人来救你,你看可以吗?'那掉进水里的人说:'我现在只要抓住一只瓢就可活命了。等你向东越王告急求援,再让他选人来救我时,我恐怕早就淹死在深渊之下,葬身鱼腹了。'"

某甲命曲

某甲为霸府佐，为人都不解。每至集会，有声乐之事，己辄豫焉；而耻不解，妓人奏曲，赞之，己亦学人仰赞和。

同时人士令己作主人，并使唤妓客。妓客未集，召妓具问曲吹，一一疏，著手巾箱，下先有药方；客既集，因问命曲，先取所疏者，误得药方，便言是疏，方有附子三分，当归四分。己云："且作附子当归以送客。"合座绝倒。

邯郸淳《笑林》

【译文】

有某甲当上了幕府的幕僚，这个人什么都不懂，每次集会的时候，凡遇有奏乐、唱歌之事他都要参与；他怕别人笑他不懂音乐，所以，歌妓奏乐，别人称赞时，他也像别人一样表示仰慕、赞赏。

他的同僚们要他作东道主，并要他去请歌妓和客人。当歌妓和客人还没全部聚集拢来时，他便把先到的歌妓叫到跟前详细地询问了歌曲的名称，并一一记录下来，放置在手巾箱里，而箱子底下先放有药方。客人们都到齐了，开始点唱歌曲。于是，某甲去箱子里取出所记的纸条，但他错把药方拿了来，并误认药方是他所记的乐曲。药方上写有附子三分，当归四分。他就照着念："暂且唱附子当归以送客。"在座的人听后，都笑得前仰后合。

人云亦云

汉司徒崔烈辟上党鲍坚为掾，将谒见，自虑不过，问先到者仪，适有答曰："随典仪口倡。"

既谒，赞曰："可拜。"

坚亦曰:"可拜。"

赞者曰:"就位。"

坚亦曰:"就位。"因复著履上座。将离席,不知履所在,赞者曰:"履著脚。"

坚亦曰:"履著脚也。"

邯郸淳《笑林》

【译文】

汉朝的司徒崔烈征召上党的鲍坚为自己的部下。鲍坚在崔烈要接见他时,十分忧虑,不知该怎么过这一关。就问先来的人有些什么仪式。刚好有一个人告诉他:"跟着司仪的人唱和就行了。"

到了拜见司徒的时候,司仪说:"可拜。"

鲍坚也跟着说:"可拜。"

司仪又说:"就位。"

鲍坚又跟着说:"就位。"于是,他又穿上鞋子入席而座。将要离开席位时,他不知道自己的鞋子放在哪儿。这时,司仪又说:"鞋子穿在脚上。"

鲍坚也跟着说:"鞋子穿在脚上。"

自来旧例

杨叔贤郎中,眉州人。言顷有太守初视事,大排乐。乐人口号云:"为报吏民须庆贺,灾星移去福星来!"

守大喜,问:"口号谁撰?"

优人答曰:"本州自来旧例,止此一首。"

文莹《湘山野录》

【译文】

郎中杨叔贤,眉州人。他说不久前有个新太守刚到位执政,州里的人安排了大规模的乐队欢迎。乐人们高唱"口号",说:"请报知官吏民众,需要大加庆贺,因为灾星走了,福星来到!"

太守听了大喜,问:"这个口号是谁写的?"

优人们答道:"这是本州历来的惯例,就只有这一首。"

叹　牛

刘子行其野,有叟牵跛牛于蹊。偶问焉:"何形之瑰欤?何足之病欤?今觳觫①然将安之欤?"叟揽縻②而对云:"瑰其形,饭之至也。病其足,役之过也。请为君毕词焉。我僦③车以自给,尝驱是牛,引千钧,北登太行,南至商岭,掣以回之,叱以耸之,虽涉淖跻高,毂如蓬而辀④不偾。及今废矣,顾其足虽伤而肤尚腯⑤,以畜豢之则无用,以庖视之则有赢,伊禁焉莫敢尸也。甫闻邦君飨士,卜刚日矣。是往也,要当售于宰夫。"

予尸之曰:"以叟言之则利,以牛言之则悲,若之何?子方婺⑥,且无长物,愿解裘以赎,将置诸丰草之乡,可乎?"叟辴然而哈曰:"我之沽是,屈指计其直可以技醪⑦而啗⑧肥,饴⑨子而衣妻,若是之逸也。奚事裘为?且昔之厚其生,非爱之也,利其力;今之致其死,非恶之也,利其财。子恶乎落吾事?"

刘子度是叟不可用词屈,乃以杖叩牛角而叹曰:"所求尽矣,所利移矣。是以员能霸吴属镂赐,斯既帝秦五刑具,长平威震杜邮死,垓下敌擒钟室诛,皆用尽身贱,功成祸归,可不悲哉!可不悲哉!呜呼!执不匮之用而应夫无方,使时宜之,莫吾害也。苟拘于形器,用极则忧,明已。"

刘禹锡《刘梦得文集·因论》

071

谐文趣心

【注释】

①觳觫(húsù)：恐惧的样子。

②縻(mí)：牵牛绳。

③僦(jiù)：雇人运送。

④辀(zhōu)：居中的独木车辕。

⑤腯(tú)：猪肥。

⑥窭(jù)：贫穷。

⑦醪(láo)：浊酒。

⑧啮(niè)：咬。

⑨饴(yí)：一种膏状的糖。

【译文】

我在野外行走，看见有个老头儿牵着一头跛腿牛走在山路上，随便问道："这头牛的形体为什么这样魁伟呀？它的腿脚怎么落下毛病呢？现在它这样恐惧发抖，是要到哪儿去？"老头拉了牛绳回答说："它长得如此高大魁伟，是因为喂养得太好了。腿脚有毛病，是因为使用得太过度了。请你听我把话说完。我以赶车运输谋生糊口，曾经赶着这牛拉运千钧之重的货物，北登太行山，向南到商岭，拉着绳子让它回头，喝叫它使它听令，即使跋山涉水，车轮中心的圆木跑垮了，但弯曲的车杠却不歪倒。现在不能用了，看它脚伤了而身体还算肥壮，如把它当作牲畜豢养就没什么用了，但在厨师看来，用以作肉菜还是不错的。只是现在禁止滥杀耕牛，谁都不敢当家宰了它。我刚刚听说州县的长官要摆酒席招待客人，并通过占卜选定了设宴的日子，我这就去那儿，当会是卖给屠夫吧。"

我正儿八经地说道："这样做，站在您这方面说，对您有利，而对牛来说，就是悲哀了，该怎么办呢？我也正贫穷得很，而且家中没有多余的东西，但我情愿解下身上的皮衣来赎它，将它放到水草丰富的地方，行吗？"老头讥笑道："我要卖掉它，得到的钱算起来可以去买酒吃肉，给孩子买糖吃，为老婆买衣穿，这样多舒服呀。要你的皮衣服干什么呢？况且从前精心地喂养它，也并不是喜爱它，而是借用它的力气；现在让它死，也不是厌恶它，而是为了获取财物。你为什么要碍我的事呢?"

　　我料想自己难以说服这个老头,便用手杖敲着牛角叹息道:"对你的要求已经完了,所追求的利益也该转移了。因此,伍子胥成就了吴王的霸业后得到的却是赐死的利剑;李斯辅助秦王统一天下后却遭到的是五马分尸;白起在长平威震赵军,最后却在杜邮被迫自杀;韩信在垓下大破敌军,最后却被诱至钟室杀害。这都是用不着时不值钱、大功告成而遭祸的例子。这不是很可悲吗!这不是很可悲吗!哎,拿自己无穷尽的用途去适应变幻不定的时事,使之合于时宜,就不会使自己遭受祸害了。如果只拘泥于有形的具体事物,作用发挥完了,忧患就会随之而来,这是很明白的道理。"

蝂蝜传

　　蝜蝂①者,善负小虫也。行遇物,辄持取,卬②其首负之。背愈重,虽困剧不止也。其背甚涩,物积因不散,卒踬仆不能起。人或怜之,为去其负。苟能行,又持取如故。又好上高,极其力不已,至坠地死。

　　今世之嗜取者,遇货不避,以厚其室,不知为己累也,唯恐其不积。及其怠而踬也,黜弃之,迁徙之,亦以病矣。苟能起,又不艾。日思高其位,大其禄,而贪取滋甚,以近于危坠,观前之死亡不知戒。虽其形魁然大者也,其名人也,而智则小虫也。亦足哀也!

柳宗元《柳河东集》

【注释】

　　①蝜蝂(fùbǎn):虫名。

　　②卬(áng):通"昂"。抬起,扬起。

【译文】

　　蝜蝂是一种很会背东西的小虫子。爬行时遇有东西,它总要捡起来,抬起头来使劲地背上它。背的东西越来越重,即使疲劳到了极点,还是不停地往背上加东西。蝜蝂的脊背非常粗糙,东西堆积上面散落不了。这样,蝜蝂终于被压得仆倒地上爬不起来。有人很同情它,便替它去掉背上的东西。但是,它只要是能够爬行,就仍像先前一样,见了东西就往身上放。蝜蝂又喜欢往高处爬,用尽了最大的力气也不停止,一直到摔死地上才罢休。

如今社会上那些贪图索取的人,遇到财物不肯放过,以此充实家私,根本不知这样会成为自己的累赘,而唯恐资财积的太少。等到他精疲力竭倒下了,被罢官免职,流放充军,也已是痛苦得很。可是,他如果东山再起,还是不甘就此了结,还天天想着爬到更高的位置,获得更多的俸禄,这样,贪取财物的手段更是厉害,以至接近危险的境地,并眼看到别人贪财而亡的结局,就是不知引以为戒。他们的体形虽然高大魁梧,名义上也是人,可他们的见识却是同这种小虫子一般。这种人也是够悲惨的啊!

猫虎说

农民将有事于原野,其老曰:"遵故实以全,其秋庶可望矣。"乃具所嗜为兽之羞,祝而迎曰:"鼠者,吾其猫乎!豕者,吾其虎乎!"其幼戚曰:"迎猫可也,迎虎可乎?豕盗于田,逐之可去。虎来无豕,馁将若何?抑又闻虎者不可与之全物,恐其决之之怒也;不可与之生物,恐其杀之之怒也。如得其豕生而且全,其怒滋甚。射之攫之,犹畏其来,况迎之耶!噫,吾亡五日矣!"或有决于乡先生,先生听然而笑曰:"为鼠迎猫,为豕迎虎,皆为害乎食也。然而贪吏夺之,又迎何物焉。"由是知其不免,乃撤所嗜,不复议猫虎。

《全唐文》

【译文】

　　有个农民将去野外祭祀,他家的一个长者说:"按照过去的习惯,祭祀要用完整的牲畜,这样秋天丰收才会有指望。"农民便准备了野兽喜欢吃的食物,祷告道:"鼠啊,我把猫请来了!猪啊,我把老虎请来了!"他的儿子听后伤心地说:"把猫迎来还可以,把老虎迎来行吗?猪在田里偷吃东西,可以将它赶走。但是虎来没有猪,虎饿了怎么办呢?我还听说不能把完整的牲畜给虎吃,是为了防止激起它吃食全牲的贪欲;也不能把活的动物给它吃,是怕激起它咬杀活物的怒气。如果将完整而且是活的猪给它吃,它的怒气就更厉害。拿箭射它,用器物捕它,尚且怕它来,何况迎接它呢?哎,我的死亡之日很快就要到来了!"有人请乡里的先生来决断此事,先生听后笑着说:"为赶老鼠去请猫,为赶猪去请老虎,都是因为老鼠和猪糟践我们的粮食。但是,贪婪的官吏要夺走粮食,又该请什么东西来抑制他们呢?"从此,农民知道粮食不免要被官吏夺取,就撤了猛兽喜欢吃的食物,不再议论迎请猫虎的事了。

请君入瓮

　　或告文昌右丞周兴与丘神勣通谋。太后命来俊臣鞠①之。俊臣与兴方推事对食,谓兴曰:"囚多不承,当为何法?"兴曰:"此甚易耳!取大瓮,以炭四周炙之,令囚入中,何事不承?"俊臣乃索大瓮,火围如兴法。因起谓兴曰:"有内状推兄,请兄入此瓮。"兴惶恐叩头伏罪。

　　　　　　　　《资治通鉴·唐纪·则天皇后天授二年》

【注释】

　　①鞠(jū):审问。

【译文】

　　有人告发文昌右丞周兴与左大将军丘神勣(jī)相互勾结谋反。

武则天命令来俊臣审查这件事。接到命令时,来俊臣正与周兴边讨论案子,边吃饭。于是,来俊臣对周兴说道:"囚犯大多不肯承认罪行,你觉得应该使用什么办法让他们招认呢?"周兴说:"这岂不是太简单了!拿来一只大瓮,用炭火在大瓮四周烧起来,再命令囚犯进入到大瓮里面,这样,囚犯还有什么事情不肯招认的呢?"于是,来俊臣找来一只大瓮,按照周兴的说法在大瓮周围烧起炭火来。然后,站起来对周兴说:"内宫传来命令,要我审问老兄,现在就请你到大瓮里去吧。"周兴听后,十分恐惧,连忙跪下来磕头,承认了自己的罪行。

州官放火

田登作郡,自讳其名。触者必怒,吏卒多被榜笞。于是举州皆谓"灯"为"火"。上元放灯,吏人书榜揭于市曰:"本州依例放火三日。"

陆游《老学庵笔记》

【译文】

田登做太守,忌讳别人直称其名。有人冒犯,他一定大发雷霆。他手下的小吏、兵士大多因此遭受鞭打。"灯"与"登"同音,于是全州的人都把"灯"说成是"火"。元宵节要放花灯,他手下的小吏不敢写"放灯",便在悬挂于街头的公告榜上写着:"本州按照惯例放火三天。"

虾蟆惧诛

艾子漂于海,夜泊岛峙,中夜闻水下有人哭声,复若人言。遂听之。

其言曰:"昨日龙王有令:'一应水族,有尾者斩。'吾鼍① 也,故惧诛而哭。汝虾蟆无尾,何哭?"

复闻有言曰："吾今幸无尾，但恐更理会科斗时事也。"

《艾子杂说》

【注释】

①鼍（tuó）：鳄鱼的一种。

【译文】

艾子乘船在海上漂游，夜里停泊在一座海岛边。半夜的时候，听见水下有哭声，又好像有人在讲话，艾子便侧耳细听。

听见一个声音说："昨天龙王下了命令：'水族之中，凡是有尾巴的都要斩掉。'我是鳄鱼，长有尾巴，担心被杀，所以哭。你是蛤蟆，又没长尾巴，为什么要哭呢？"

又听另一个声音说："我现在虽然没有尾巴，但害怕追究我当年身为蝌蚪时长尾巴的事。"

权贵辨鼎

洛阳布衣申屠敦，有汉鼎一，得于长安深川之下，云螭①斜错，其文烂如也。

西邻鲁生见而悦焉，呼金工象而铸之，淬以奇药，穴地藏之者三年。土与药交蚀，铜质已化，与敦所有者略类。

一旦，持献权贵人。贵人宝之，飨宾而玩之。敦偶在坐，心知为鲁生物也，乃曰："敦亦有鼎，其形酷肖是，第不知孰为真耳？"

权贵人请观之，良久曰："非真也！"

众宾次第咸曰："是，诚非真也！"

敦不平，辨数不已，众共折辱之。敦嗫不敢言，归而叹曰："吾今然后知势之足以变易是非也！"

宋濂《龙门子凝道记·司马徽》

【注释】

①螭(chī)：传说中一种无角的龙。

【译文】

洛阳城有个平民叫申屠敦，他有一只贵重的汉鼎，是从长安附近的河底捞到的。鼎上雕饰有精美交错、光彩灿烂的云龙花纹。

他家西边住着个姓鲁的读书人，见到这只汉鼎非常喜爱，请来工匠按照这只汉鼎的样子仿铸了一只，把它放在特制的药水里浸泡，又把它放在地窖里埋藏三年。泥土和药水的侵蚀、腐化，鼎的质地发生变化，同申屠敦的那只有些相似。

一天，姓鲁的人把他的假鼎献给一个有权有势的显贵。那位显贵把它看作珍宝，专门为它宴请宾客请人观赏。申屠敦恰好也在座，心里明知这是姓鲁的读书人的那只假汉鼎，便说："我也有一只汉鼎，它的外形同这只十分相似，但不知哪一只是真的？"

那位显贵请求看看那只鼎，看了很久说："这只不是真的！"

其他宾客依次看过这只鼎，都说："是的，它确实不是真的！"

申屠敦不服气，用很多事实同他们辩论，但是他们一起对他进行攻击和辱骂。申屠敦闭口不敢再说什么，回到家里长叹说："我从今天开始算明白了权势能够颠倒是非呀！"

大言者缚

昔李元平初从关播，喜为大言，常论兵，鄙天下无可者。

一日，将兵汝州，李希烈一笑而缚之。

噫！世之高谈孙吴惊动四筵者，其能免希烈之缚者，几希！

宋濂《龙门子凝道记·大学微》

【译文】

从前，李元平刚刚跟随宰相关播的时候，喜欢吹牛说大话，平时经常与同僚谈论兵法，鄙视天下的将领，说他们都是无能之辈。

一天，李元平带兵据守汝州，同李希烈的军队交战，结果，在李希烈谈笑之间，就被活捉了。

唉！这世上能高谈孙吴兵法而博得四座惊叹的，有几人能不被李希烈之流活捉呢！

玄石好酒

黔中仕于齐，以好贿黜而困。谓豢龙先生曰："小人今而痛惩于贿矣，惟先生怜而进之。"又黜。

豢龙先生曰："昔者玄石好酒，为酒困，五脏熏灼，肌骨蒸煮如裂，百药不能救，三日而后释。谓其人曰：'吾今而后知酒可以丧人也。吾不敢复饮矣！'居不能阅月，同饮至，曰：'试尝之。'始而三爵止，明日而五之，又明日十之，又明日而大醮①，忘其欲死矣。故猫不能无食鱼，鸡不能无食虫，犬不能无食臭，性之所耽，不能绝也。"

刘基《郁离子·玄石好酒》

【注释】

①醮（jiào）：把杯中的酒喝干。

【译文】

黔中在齐国做官，因为贪污受贿而被罢了官，陷入困境，于是对豢龙先生说："我现在对自己贪污受贿的过错感到后悔，希望先生可怜我，替我进一言，帮我官复原职吧！"可是他复职不久，又因同样的罪名被撤职了。

豢龙先生说："从前，玄石嗜酒，受酒的祸害，五脏六腑像被熏烤一样难受，肌肤骨骼发热像要裂开似的，什么药都治不了他，三天后才慢慢好了。他对别人说：'我从今往后知道酒可以要人性命啊。我再也不喝酒了！'戒酒不到一月，他的酒友来到，说：'试着尝尝这种酒吧！'开始喝三杯就不再喝，第二天喝五杯，第三天喝十杯，第四天就开始狂饮猛喝,完全忘记了先前差点醉死的事。所以说猫不能不吃鱼,鸡不能不吃虫,狗改不了吃屎。本性决定了,坏习惯不可能根除啊!"

献马贾祸

周厉王使芮伯帅师伐戎,得良马焉,将以献于王。芮季曰:"不如捐之。王欲无厌,而多信人之言,今以师归而献马焉,王之左右必以子获为不止一马,而皆求于子,子无以应之,则将哓①于王,王必信之。是贾祸也。"弗听,卒献之。荣夷公果使有求焉,弗得,遂谮诸王曰:"伯也隐。"王怒,逐芮伯。

君子谓芮伯亦有罪焉,尔知王之渎货而启之,芮伯之罪也。

刘基《郁离子·献马》

【注释】

①哓(xiāo):吵嚷,争辩。此指说坏话。

【译文】

周厉王派芮伯率领军队讨伐西戎,缴获了一匹良马。芮伯准备把马献给厉王。芮伯的弟弟芮季说:"不如把这匹马丢弃了吧。厉王贪得无厌又喜欢听信他人逸言,你现在班师凯旋又献马给厉王,他的左右一定以为你缴获的马不只一匹,都来向你索取,你没有马应付他们,他们就会纷纷向厉王进逸言,厉王一定会相信他们。这会招致祸患啊!"芮伯不听,还是把马献给了厉王。荣夷公果然派人来索取良马,没得到,于是向厉王进逸言道:"芮伯窝藏了缴获的马匹。"厉王大怒,把芮伯赶走了。

有见识的人认为芮伯也是有罪的:他明知厉王贪财,却还要诱发他的贪欲,这是芮伯的过错啊!

帝不果觞

群神朝于天。帝曰："觞之。"帝之司觞执简记而簿之，三千秋而簿不成，帝问焉，曰："皆有舁①之舆者②。"帝曰："舁者亦簿之。"七千秋而簿不成。帝又问焉，乃反于帝曰："舁之舆者，又皆有其舁之者。"帝默然而息，不果觞。

《龚自珍全集·凉燠》

【注释】

①舁(yù)：抬。

②舆者：此指轿夫。

【译文】

某日，众神仙朝见天帝。天帝下令说："赐酒他们喝。"天帝的司觞官拿着本子登记姓名，三千年还没登记完。天帝问其原因，司觞官说："因为各路神仙还有抬他们的轿夫。"天帝说："抬轿子的人也给登记上。"又过了七千年，还没登记完。天帝又问其缘故，司觞官说："那些轿夫又都各带有轿夫。"天帝沉默了半天，叹息了一声，赐酒的事也就此作罢了。

高　帽

俗以喜人面谀者曰喜戴高帽。有京朝官出仕于外者，往别其师。师曰："外官不易为，宜慎之。"

其人曰："某备有高帽一百，逢人辄送其一，当不至有所龃龉①也。"

师怒曰："吾辈直道事人，何须如此。"

其人曰："天下不喜戴高帽如吾师者，能有几人欤？"

师颔其首曰："汝言亦不为无见。"

其人出，语人："吾高帽一百，今止存九十九矣！"

俞樾《一笑》

【注释】

①龃龉(jǔyǔ)：牙齿不齐，上下不合。比喻抵触不合。

【译文】

世俗称那些喜欢别人当面奉承谄媚的人为爱戴高帽子。有个在朝廷中做官的人，要出京城去做地方官，赴任前他到老师那里辞行告别。老师叮嘱他说："现在外地的官也不好做，应谨慎小心。"

这人说："老师放心，我准备了一百顶高帽子，逢人便送他一顶，大概这样不会遇到什么麻烦吧。"

老师听后很不高兴，说："我们是作风正派、办事公道的人，何必要来这一套呢？"

这人说："天下像老师这样不喜欢戴高帽子的又有几个人呢？"

老师听了这番话，便情不自禁地点着头说："你说的话也不是没有道理呀！"

这人跨出老师的门后，便对人说："我的一百顶高帽子，已送给了老师一顶，现在只剩下九十九顶了。"

人情凉热

代邻击子

　　有人于此，其子强梁不材，故其父笞之。其邻家之父，举木而击之，曰："吾击之也，顺于其父之志。"则岂不悖哉！

《墨子·鲁问》

【译文】

　　有这样的一个人，儿子横行无道可又没有本事，所以父亲就用竹板来打儿子。这个人邻居家的一位长者见了，也举起一根木棍来打那人的儿子，说："我来用棍子打他，是顺从他父亲的意愿。"这样做，不是太荒唐了吗！

冯妇搏虎

　　晋人有冯妇者，善搏虎，卒为善士。则之野，有众逐虎，虎负嵎①，莫之敢撄②，望见冯妇，趋而迎之。冯妇攘臂下车，众皆悦之。其为士者笑之。

《孟子·尽心下》

【注释】

　　①嵎（yú）：山势曲折险峻的地方。
　　②撄（yīng）：接触，触犯。

【译文】

　　晋国有个叫冯妇的人，很会和老虎搏斗，因此而被称为善士。碰巧有一次他去野外，看见很多人在赶一只老虎，老虎背靠一处山势弯曲险要之地和人们相持着，没有一个人敢上前去碰老虎一下，人们远远地望见冯妇，便跑去把冯妇叫来。冯妇挽起袖子跳下车来，人们都为他欢呼，但他的行为却遭到了士人的耻笑。

相濡以沫

泉涸，鱼相与处于陆，相呴以湿，相濡以沫，不如相忘于江湖。

《庄子·大宗师》

【译文】

泉水干涸了，鱼儿们互相挤在一块低洼的泥地里，用湿润的水气互相吹吸，用唾沫滋润对方，这种做法，倒不如在江湖中各得其所，互相忘记的好。

山木与雁

庄子行于山中，见大木，枝叶茂盛，伐木者止其旁而不取也。问其故，曰："无所可用。"庄子曰："此木以不材得终其天年。"

夫子出于山，舍于故人之家。故人喜，命竖子杀雁而烹之。竖子请曰："其一能鸣，其一不能鸣，请奚杀？"主人曰："杀不能鸣者。"

《庄子·山木》

【译文】

庄子在山中行走，看见一棵大树，枝叶茂盛，伐木人站在它的旁边却并不想砍它。问其中的原因，伐木人回答说："它虽然高大茂盛，但并没有什么用。"庄子感慨说："这棵树因为没有什么用处而得以享尽它的自然寿命。"

庄子从山上下来，住宿在一位老朋友的家里。老朋友非常高兴,让他的小儿子去杀鹅款待庄子。老朋友的小儿子问:"有一只鹅会叫,另一只鹅不会叫,请问杀哪一只呢?"这位老朋友说:"杀不会叫的那一只。"

支离疏

支离疏者,颐隐于脐,肩高于顶,会撮指天,五管在上,两髀①为胁。挫鍼②治繲③足以糊口,鼓筴④播精,足以食十人。上征武士,则支离攘臂而游于其间;上有大役,则支离以有常疾不受功;上与病者粟,则受三钟与十束薪。夫支离其形者,犹足以养其身,终其天年,又况支离其德者乎!

《庄子·人间世》

【注释】

①髀(bì):股,大腿。
②鍼(zhēn):同"针",缝纫的工具。
③繲(jiè):洗衣。
④鼓筴:用簸箕扬谷物。

【译文】

支离疏这个人,脸庞隐藏在肚脐里,肩膀比头顶还高,发髻朝天,五脏的血管暴露在身上,两条大腿构成了他的肋骨。支离疏靠磨针缝衣为生,生活得很充足,他替人簸粮,足以供十个人吃饱。朝廷征召武士,支离疏可以挥动膀子在人群中自由自在地游荡;朝廷有大工程,支离疏因为有天生的残疾而得以免去劳役;朝廷给贫病的人赈济,支离疏就能领到三钟粮和十捆柴。形体支离不全的人,尚且还可以足够养活自己,终其自然的年寿,更何况那些忘德的人呢!

触蛮之战

戴晋人曰:"有所谓蜗者,君知之乎?"

曰："然。"

"有国于蜗之左角者曰触氏,有国于蜗之右角者曰蛮氏,时相与争地而战,伏尸数万,逐北旬有五日而后反。"

君曰："噫!其虚言与?"

曰："臣请为君实之。君以意在四方上下有穷乎?"

君曰："无穷。"

曰："知游心于无穷,而反在通达之国,若存若亡乎?"

君曰："然。"

曰："通达之中有魏,于魏中有梁,于梁中有王。王与蛮氏,有辩乎?"

君曰："无辩。"

客出而君惝然若有亡也。

《庄子·则阳》

【译文】

戴晋人对梁惠王说:"有一种叫蜗牛的小动物,您听说过吗?"

梁惠王说:"听说过。"

戴晋人说:"在蜗牛的左角上有个部族国家叫触氏,在蜗牛的右角有个部族国家叫蛮氏,它们两国不时为了争夺地盘而开战,每次战争都要死伤百万,尸横遍野,追击者往往要半个多月才肯收兵。"

梁惠王说:"嘿,你这大概是不实之辞吧?"

戴晋人说:"我请求为您证实这些话。您以为天地之外整个宇宙有穷尽吗?"

梁惠王说:"没有穷尽。"

戴晋人说:"让你的想象力在无穷无尽的宇宙间遨游一番,然后再返回地上的诸侯国家,这些诸侯国和茫茫宇宙比起来是不是似有似无、非常渺小呢?"

梁惠王说:"是的。"

戴晋人又说:"在地上的这些诸侯国中有魏国,在魏国中有大梁城,在大梁城中有您梁惠王。大王您和蛮氏又有什么区别呢?"

梁惠王说:"是没有区别。"

戴晋人走后,梁惠王怅然若失。

鲁少儒

庄子见鲁哀公。哀公曰:"鲁多儒士,少为先生方者。"

庄子曰:"鲁少儒。"

哀公曰:"举鲁国而儒服,何谓少乎?"

庄子曰:"周闻之,儒者冠圜冠者,知天时;履句屦者,知地形;缓佩玦者,事至而断。君子有其道者,未必为其服也;为其服者,未必知其道也。公固以为不然,何不号于国中曰:'无此道而为此服者,其罪死!'"

于是哀公号之,五日而鲁国无敢儒服者,独有一丈夫儒服而立乎公门。公即召而问以国事,千转万变而不穷。

庄子曰:"以鲁国而儒者一人耳,可谓多乎?"

《庄子·田子方》

【译文】

庄子去见鲁哀公。鲁哀公说:"鲁国有很多儒生,可是很少人研究先生您的学说。"

庄子说:"这说明鲁国的儒生很少。"

鲁哀公说:"鲁国差不多所有的人都穿着儒生的服装,怎么说很少有儒生呢?"

庄子说:"我听说过,儒生戴圆形帽子的,要懂得天象和四季的变化规律;穿方形鞋子的,要通晓地理;挂着佩玉的,遇事要有决断。君子就算掌握某种学问也不一定会穿戴相应的服饰;穿戴了相应服饰的,也未必就掌握了某种学问。您如果坚持不同意我的意见,为什么不在国都中宣布一项命令,说:'不懂某种儒家学问而穿戴了相应的服饰的,其罪当处死!'"

结果鲁哀公发布命令,五天之后鲁国没有人敢穿戴儒士服饰了,只有一位长者,穿戴着整套的儒士服饰而站在朝宫门前。鲁哀公把他叫来,询问治国方略,他婉转对答,滔滔不绝。

庄子说:"鲁国这么大的范围,却只有一名儒士,能说多吗?"

处女遇盗

处女婴宝珠,佩宝玉,负戴黄金,而遇中山之盗也。虽为之逢蒙视,诎①要桡腘②,若卢屋③妾,由将不足以免也。

《荀子·富国》

【注释】

①诎(qū):屈曲。

②腘(guó):膝后弯曲处。

③卢屋:即庐屋,指居室。

【译文】

有个处女,脖子上挂着珍珠,身上佩着宝玉,背上背着黄金,不巧碰上了中山的强盗。她虽然两眼不敢正视强盗,弯腰曲膝,像屋里的婢女一样,但还是免不了要遭抢劫。

桓公服紫

齐桓公好服紫,一国尽服紫。当是时也,五素不得一紫。桓公患之,谓管仲曰:"寡人好服紫,紫贵甚,一国百姓好服紫不已,寡人奈何?"

管仲曰:"君欲何不试勿衣紫也,谓左右曰:'吾甚恶紫之臭。'于是左右适有衣紫而进者,公必曰:'少却,吾恶紫臭。'"

公曰:"诺。"

于是日郎中莫衣紫,其明日国中莫衣紫,三日境内莫衣紫也。

《韩非子·外储说左上》

【译文】

齐桓公喜欢穿紫颜色的衣服,整个齐国上下也都跟着他穿紫色服装。在那个时候,用五件白色的衣服还换不来一件紫色的衣服。齐桓公对国内这种风尚有些担忧,对管仲说:"我喜欢穿紫色的衣服,紫色就变得这样尊贵了,整个国家喜尚紫色服装的热潮一浪盖过一浪,我该怎么办呢?"

管仲说:"您是不是可以试着不穿紫色衣服,并对您身边的大臣说:我很讨厌紫色的气味。您接受我的建议,从此如碰到身边的侍臣有穿着紫色衣服进宫的,您就一定要说:'你稍微站远点,我讨厌紫色的气味。'"

齐桓公说:"好的。"

齐桓公按管仲的建议去做,当天侍卫近臣中就没有一个人穿紫色衣服了;到第二天,国都中就没有一个人穿紫色衣服了;等到第三天,全国都没有人穿紫色衣服了。

夫妻祷告

卫人有夫妻祷者,而祝曰:"使我无故,得百束布。"

其夫曰:"何少也?"

对曰:"益是,子将以买妾。"

《韩非子·内储说下》

【译文】

卫国有一对夫妻,双双求神祈祷,妻子祷告说:"让我无缘无故捡到百钱。"

她的丈夫不解地说:"为什么只要这么一点?"

这位妻子回答说:"再多了,你就要去买小老婆了。"

越人持的

羿执鞅持扞①,操弓关机,越人争为持的。弱子扞弓,慈母入室闭户。故曰:可必,则越人不疑羿;不可必,则慈母逃弱子。

《韩非子·说林下》

【注释】

①扞(hàn):古代射箭者穿戴的皮袖套。

【译文】

后羿拇指戴着勾弦的工具,臂膀上套着皮制的構,举起弓搭上箭,越国人争着为他拿箭靶。小孩子弯弓搭箭,连他慈爱的母亲都要躲进屋里,关门闭户。所以说:射箭百发百中,越国人就不怀疑后羿,而敢去替他举箭靶;没有射中的把握,连慈母也要躲开自己的小孩。

丁氏穿井

宋之丁氏,家无井而出溉汲,常一人居外。及其家穿井,告人曰:"吾穿井得一人。"有闻而传之者曰:"丁氏穿井得一人。"国人道之,闻之于宋君,宋君令人问之于丁氏,丁氏对曰:"得一人之使,非得一人于井中也。"

《吕氏春秋·慎行论·察传》

【译文】

　　宋国有个姓丁的人,家里没有井,要外出打水,经常得有一个人住在外面专门打水。等到他家挖了井,他就告诉别人说:"我挖井得到一个人。"有人听了,传言说:"姓丁的挖井得到一个人。"宋国人都谈论着这件事,让宋国的君主听见了,宋国君主派人去姓丁的那儿证实,姓丁的回答说:"我说的意思是挖了井省了一个在外打水的人,家里就多了一个可供使唤的人,而不是说从井里挖到了一个人。"

戎　　夷

　　戎夷违齐如鲁,天大寒而后门,与弟子一人宿于郭外。寒愈甚,谓其弟子曰:"子与我衣,我活也;我与子衣,子活也。我国士也,为天下惜死;子不肖人也,不足爱也。子与我子之衣。"弟子曰:"夫不肖人也,又恶能与国士之衣哉?"戎夷太息叹曰:"嗟乎!道其不济夫!"解衣与弟子,夜半而死。弟子遂活。

《吕氏春秋·恃君览·长利》

【译文】

　　戎夷离开齐国到鲁国去,天气非常寒冷,到达鲁国时,天色已晚,城门已关,戎夷只好与一个学生露宿城外。天气冷得更加厉害,戎夷对他的学生说:"你把你的衣服给我,我就能活命;我把我的衣服给你,你就能活命。我是天下所景仰的人,为天下着想不能作无谓的牺牲;你是个没有贤德的人,不值得吝惜生命。你把你的衣服给我吧。"学生说:"没有贤德的人,又怎么能够给天下所景仰的人衣服呢?"戎夷长叹一声说:"唉!道义大概是不济事了!"脱下自己的衣服给了学生,半夜里冻死了。他的学生于是活了下来。

孔子马逸

　　孔子行道而息，马逸，食人之稼，野人取其马。子贡请往说之。毕辞，野人不听。有鄙人始事孔子者曰请往说之，因谓野人曰："子不耕于东海，吾不耕于西海也。吾马何得不食子之禾？"其野人大说，相谓曰："说亦皆如此其辩也，独如向之人？"解马而与之。

《吕氏春秋·孝行览·必己》

【译文】

　　孔子行路休息时，马跑了，吃了人家的庄稼，有个种田人牵走了他的马。子贡请求前去劝说那个人还马，费尽口舌，那个种田人就是不听。有个刚侍奉孔子的从边远地方来的人请求前去劝说，于是他对那个种田人说："你不在东海耕田，我不在西海耕田，我们相隔不算远，我的马怎么能不吃你的庄稼呢？"那个种田人听了非常高兴，对他说："都像这样说话不是挺明白的吗，哪像刚才那个人？"解开马交还了他。

宋人御马

　　宋人有取道者，其马不进，倒而投之溪水。又复取道，其马不进，又倒而投之溪水。如此者三。

《吕氏春秋·离俗览·用民》

【译文】

　　有个宋国人赶路，他的马不肯往前走，他就杀了马把它扔到溪水中。然后，他又换了匹马重新赶路，可马还是不肯往前走，他又杀了这匹马把它扔到溪水中。像这样反复杀了三匹马。

岂辱马医

齐有贫者,常乞于城市。城市患其亟也,众莫之与,遂适田氏之厩,从马医作役,而假食郭中。

人戏之曰:"从马医而食,不以辱乎?"

乞儿曰:"天下之辱莫过于乞,乞犹不辱,岂辱马医哉?"

《列子·说符》

【译文】

齐国有个穷人,成年累月地在城市里沿街乞讨。城市里的人嫌他来的次数太多,因而大家都不肯给他施舍食物,这个人便跑到齐氏的马栏里去,跟马医做杂活,在马棚附近混口饭吃。

有人取笑他说:"你跟随着下贱的马医混口饭吃,你不感到耻辱吗?"

这个穷人回答说:"天下最耻辱的事,莫过于乞求要饭,乞讨我都不觉得耻辱,难道还会以跟着马医混饭吃为耻辱吗?"

燕人还国

燕人生于燕,长于楚,及老而还本国。过晋国,同行者诳之,指城曰:"此燕国之城。"其人愀然①变容。

指社曰:"此若里之社。"乃喟然而叹。

指舍曰:"此若先人之庐。"乃涓然而泣。

指垄曰:"此若先人之冢。"其人哭不自禁。

同行者哑然大笑,曰:"予昔绐②若,此晋国耳。"其人大惭。

及至燕,真见燕国之城社,真见先人之庐冢,悲心更微。

《列子·周穆王》

【注释】

①愀（qiǎo）然：形容神色变得忧惧或严肃。

②绐（dài）：欺骗。

【译文】

有个出生在燕国，生长在楚国的人，到年老时回到燕国去。经过晋国，同行的人哄骗他，指着一座城说："这就是燕国的城池。"这个人听了立即愁眉紧锁。

同行的人指着社庙说："这就是你村里的社庙。"这个人不禁长叹一声。

同行的人又指着一座房舍说："这就是你祖宗留下的房子。"这个人听了就潸然泪下。

同行的人再指着一座坟墓说："这就是你祖宗的坟茔。"这个人不禁放声大哭。

同行的人失声地笑起来，说："刚才我说的全是骗你的话，这里还是晋国的土地。"这个人听了非常羞惭。

等到了燕国，真的见到了燕国的城池社庙，真的见到了祖宗的房舍坟墓，这个人悲伤的心情反而不如先前了。

曾参杀人

昔者曾子处费。

费人有与曾子同名族者而杀人。人告曾子母曰："曾参杀人！"

曾子之母曰："吾子不杀人！"织自若。

有顷焉，人又曰："曾参杀人。"其母尚织自若也。

顷之，一人又告之曰："曾参杀人！"其母惧，投杼踰墙而走。

《战国策·秦策二》

【译文】

从前曾参住在费这个地方。

费地有一个与曾参同宗族又同名的人杀了人。有人告诉曾参的母亲说:"曾参杀人了!"

曾参的母亲说:"我儿子不会杀人!"便神态自若地继续织布。

过了一会儿,又有人来说:"曾参杀人了。"曾参的母亲还是照样地织布。

不一会儿,一人又来说:"曾参杀人了!"曾参的母亲害怕了,扔下梭子翻墙跑走。

曲高和寡

客有歌于郢中者,其始曰《下里巴人》,国中属而和者数千人;其为《阳阿》、《薤①露》,国中属而和者数百人;其为《阳春白雪》,国中属而和者不过数十人;引商刻羽,杂以流徵②,国中属而和者不过数人而已。是其曲弥高,其和弥寡。

宋玉《对楚王问》

【注释】

①薤(xiè):一种多年生草本植物。

②徵(zhǐ):五音之一。

【译文】

有个人来到楚国的郢都唱歌,开始演唱的曲目是《下里巴人》,城里能跟着唱的有数千人;接着唱《阳阿》、《薤露》,城里能跟着唱的还有数百人;再接着是《阳春白雪》,能跟着唱的就只有几十人了;最后,他唱出高亢的商调和低宛的羽调,其间还穿插吟唱行云流水般的徵调,城中能跟着唱的就剩几个人了。这样看来,歌曲越高雅,能跟着唱的人就越少。

曲突徙薪

　　客有过主人者，见灶直突^①，傍有积薪，客谓主人曰："曲其突，远其积薪；不者，将有火患。"主人嘿然不应。

　　居无几何，家果失火。乡聚里中人哀而救之，火幸息。

　　于是杀牛置酒，燔^②发灼烂者在上行，余各用功次坐，而反不录言曲突者。

　　向使主人听客之言，不费牛酒，终无火患。

刘向《说苑·权谋》

【注释】

　　①突：烟囱。

　　②燔(fán)：焚烧。

【译文】

　　有一位客人去拜访朋友，看见他家的炉灶的烟囱是笔直的，旁边还堆放着柴禾。这客人便对主人说："要把烟囱改装成弯曲的，再把柴禾搬远点堆放。不然的话，就会发生火灾。"主人听了默不作声。

　　不久，主人家果然起了火，邻居们纷纷跑来救火，大火终于被扑灭了。

　　于是，主人宰牛摆酒感谢救火的邻居。那些被烧得焦头烂额的人被邀请坐了上席，其余的人则按功劳的大小依次坐席，但那个事先建议改装烟囱的客人，却没有被邀请来。

　　假如主人听从了客人的劝告，也就不会有这场火灾，也不用花钱办酒。

周人不遇

　　昔周人有仕数不遇、年老白首、涕泣于涂者。人或问之："何为泣乎？"对曰："吾仕数不遇，自伤年老失时，是以泣也。"人曰："仕奈何不一遇也？"对曰："吾年少之时，学为文，文德成就，始欲仕宦，人君好用老。用老主亡，后主又用武，吾更为武，武节始就，武主又亡。少主始立，好用少年，吾年又老。是以未尝一遇。"仕宦有时，不可求也。

王充《论衡·逢遇篇》

【译文】

从前周朝时有个人几次想做官都没有做成，直到年老白了头，于是在路边伤心地哭泣。有人问他："你为什么哭呀？"这人答道："我几次想做官都没有碰到机会，想到自己现在年事已高，再也没有机会了。因此伤心哭泣。"别人又问："你怎么一次机会也没有遇到呢？"他回答说："我年轻的时候，学做文章想做一名文官，文章做得很好了，就想去谋得官职，可是，皇帝却偏爱任用年老的人。这爱用老人的皇帝死后，继位的皇帝又爱用武将，我于是弃文学武，待武功练成，这爱武将的皇帝又死了。才继位的这个年少的皇帝，又爱选用年轻的人材，而我却已经老了。就这样，我一次机会也没有遇到。"由此看来，做官是要靠机遇的，不能凭主观努力去强求。

东野丈人

东野丈人观时以居，隐耕汙脿之墟。有冰氏之子者，出自沍寒①之谷，过而问涂。丈人曰："子奚自？"曰："自涸阴之乡。""奚适？"曰："欲适煌煌之堂。"丈人曰："入煌煌之堂者，必有赫赫之光，今子困于寒而欲求诸热，无得热之方。"冰子瞿然曰："胡为其然也？"丈人曰："融融者皆趣热之士，其得炉冶之门者，惟挟炭之子。苟非斯人，不如其已。"

王沈《释时论》

【注释】

　　①沍(hù)寒：寒气凝结，积冻不开。

【译文】

　　东野丈人审时度势，选择了隐居之地，并耕耘在肥沃的土地上。有位姓冰的年轻人，来自寒冷的山谷，路过这儿时向东野丈人问路。丈人说："你从哪儿来？"姓冰的年轻人说："来自干枯阴冷的地方。""到哪儿去呢？"姓冰的年轻人说："想去火光辉煌的大堂。"丈人说："想进入火光辉煌的大堂，自己必须有明亮的火。现在你被寒冷所困而想寻求光和热，你却还没有得到光和热的方法。"姓冰的年轻人惊讶地问："为什么这样呢？"丈人答道："那些过得和乐融融的人都是些趋炎附势之徒，而那些获得既有利益者，都是些挟有资财的人。你如果不是这类人，还不如打消你的念头。"

临江之麋

　　临江之人，畋①得麋麂，畜之。入门，群犬垂涎，扬尾皆来，其人怒怛②之。自是日抱就犬，习示之，使勿动。稍使与之戏。

　　积久，犬皆如人意。麋麂稍大，忘己之麋也，以为犬良我友，抵触偃仆益狎。犬畏主人，与之俯仰甚善。然时啖其舌。

　　三年，麋出门，见外犬在道甚众，走欲与为戏。外犬见而喜且怒，共杀食之，狼藉道上。麋至死不悟。

柳宗元《柳河东集·三戒》

【注释】

　　①畋(tián)：打猎。

　　②怛(dá)：恐吓。

【译文】

临江有个人,打猎时捕得一只小鹿,便把它喂养起来。一进门,一群狗流着涎水,翘着尾巴跑向小鹿。猎人大怒,吼走了狗儿。从此,猎人每日就抱着小鹿去接近狗子,让狗来熟悉它,不惊动它。渐渐地,又让狗和小鹿一块儿游戏。

过了些时候,狗也完全顺从猎人的意志了。小鹿慢慢长大后,忘记了自己是鹿,认为狗的确是自己的朋友,时常和狗在一块摸爬滚打闹着玩,与狗也越来越亲近。狗害怕主人,只得与鹿戏耍、周旋,玩得很好。然而狗还是不时地舔着自己的舌头,露出想吃鹿的意思。

过了三年,鹿走出家门,看见大路上的狗子很多,想走过去和它们玩耍。外面的狗见到鹿,既高兴又愤怒,一哄而上把鹿咬死吃了,鹿的尸骨被乱七八糟地丢在地上。鹿到死也不明白自己为什么会死。

大　　鲸

大鲸驱群鲛、逐肥鱼于渤海之尾,震动大海,簸掉巨岛,一啜①而食若舟者数十。勇而未已,贪而不能止。北蹙于碣石,槁焉。向之以为食者,反相与食之。

柳宗元《柳河东集》

【注释】

①啜(chuò):食,饮。

【译文】

在渤海岸边,大鲸驱赶成群的鲨鱼,追逐肥美的鱼儿,把大海都搅动了,连巨大的岛屿都像要被簸掉似的。大鲸张口一吞,就要吃掉几十条像小船那么大的肥鱼。它自恃勇猛,不知节制,终于搁浅在北面的碣石山前,干渴而死。这时,先前被它当作食物的那些鱼儿,反过来争着去咬食它。

纪鸮①鸣

东渭桥有贾食于道者,其舍之庭有槐焉,耸干舒柯,布叶凝翠,若不与他槐等。斯舍既陋,主人独以槐为饰,当乎夏日,则孕风贮凉,虽高台大屋,谅无惭德。是以徂南走北,步者乘者,息肩于斯,税驾于斯,亦忘舍之陋。

长庆六年,简言去鄜②,得息其下,观主人德槐之意,亦高台大室者也。洎二年,去夏阳,则槐薪矣。屋既陋,槐且为薪,遂进他舍。因问其故,曰:"某与邻,俱贾食者也。某以槐故,利兼于邻。邻有善作鸮鸣者,每伺宵晦,辄登树鸮鸣,凡侧于树,若小若大,莫不懔然惧悚,以为鬼物之在槐也,不日而至也。又私于巫者,俾于鬼语:'槐不去,鸮不息。'主人有母者且瘵③,虑祸及母,遂取巫者语,后亦以稀宾致困。"

简言曰:"假为鸮鸣,灭树殃家,甚于真鸮,非听之误耶?然屈平謇谔④,非不利于楚也,靳尚一鸮鸣而三闾放;杨震讦谟,非不利于汉也,樊丰一鸮鸣而太尉死。求之于古,主人亦不为甚愚。"

《全唐文》

【注释】

①鸮(xiāo):猫头鹰一类的猛禽。

②鄜(fū):古地名。

③瘵(zhài):病。

④謇谔(jiǎn è):说话正直。

【译文】

东渭桥有个在路边卖食品的人,他的房舍的庭院里有棵槐树,树干挺立,枝条舒展,繁茂的树叶凝成了一片翠绿,与一般的槐树有些不同。这房舍很简陋,主人只以槐树作为装饰。正当夏日炎热之时,槐树生风贮凉,即使是高楼大厦,想必也会为没有这清凉而逊色,因此,走南闯北的人,不论是步行的还是乘车的,都要在这儿休歇,留宿,也都忘了这房舍的简陋。

长庆六年,我去郿地,在那槐树下休息了一阵,看到主人从槐树那儿得到的好处,也和住高楼大厦的人一样。第二年,去夏阳,槐树已被砍成了柴禾。房舍已是很简陋,加上槐树又成了柴禾,我便去了别的房子。于是问其缘故,那主人回答说:"我和邻居都是卖食物的,因为槐树的缘故,我获得的利润高出了邻居。邻居有人会学猫头鹰的叫声,每到夜黑天暗时,总是爬到树上学鹰叫,声音总是回响在树中,忽大忽小,人们莫不惊恐畏惧,认为鬼在树上,不久就要下来;邻人还勾结巫师,让他传出鬼话:'槐不去,鸮不息。'后来,我的母亲患了病,想到槐树会殃及母亲,便听信了巫师的话,砍了槐树。从此以后,因为来客太少,招致贫穷。"

我认为:"利用猫头鹰的叫声,使槐树遭伐,使其家遭殃,比真猫头鹰还要不吉利。这难道不是听信了巫师的话的过错吗?屈原正直敢言,对楚国不是不利,但靳尚一进谗言,三闾大夫屈原就遭放逐;杨震足智多谋,并非对东汉不利,可樊丰一进谗言,太尉杨震不得不死。与古代这些人相比,主人还算不上是最愚蠢的。

氓作氓怖

瓯、粤间好事鬼,山椒水滨多淫祀。其庙貌有雄而毅、黝而硕者,则曰将军;有温而愿、晳而少者,则曰某郎;有媪而尊严者,则曰姥;有妇而容艳者,则曰姑。其居处则敞之以庭堂,峻之以陛级,左右老木,攒植森拱,萝茑翳于上,枭鸮室其间,车马徒隶,丛杂怪状。氓作之,氓怖之。大者椎①牛,次者击豕,小不下犬鸡。鱼椒之荐,牺牲之奠,缺于家可也,缺于神不可也。一朝懈怠,祸亦随作,耋②孺畜牧,栗栗然。疾病死丧,不曰适丁其时,而悉归之于神。

陆龟蒙《笠泽丛书》

【注释】

①椎(chuí):锤击,杀。

②耋(dié):年老,多指七八十岁。

【译文】

瓯、粤一带的人们很喜欢敬奉鬼神,山头水边都修建了很多祭祀鬼神的庙宇。庙宇中的神像都起有名字,相貌雄猛、脸黑个高的,就叫作将军;温和仁厚、朴实年少的,则称作某某郎君;神态庄严的老妇,就尊称为姥姥;姿色美艳的妇人,则呼作仙姑。人们还为它们修建了宽敞的庭院殿堂,筑起了高高的阶台。周围有老树枝繁叶茂,藤萝还爬绕其上,猛鸮筑窝其间。庙里所有的神塑还配有雕塑的车马随从,它们错杂其中,奇形怪状。农民们自己制造了这些偶像,又畏惧地信奉它们。祭奉它的食品,大的用牛,稍次的宰猪,最差的也要用鸡犬。鱼肉酒食,自己在家中可以不吃,但绝不能少了鬼神的。如果一时疏忽怠慢,灾祸就会随之而来,老幼妇孺个个心惊胆颤。遇有疾病死丧,他们不认为这是恰逢时疫或是寿终正寝,而统统认为是鬼神的缘故。

童子拾樵

迂夫见童子拾樵于道,约曰:"见樵,先呼者得之,后毋得争也。"皆曰:"诺!"既而行,相与笑语戏狎,至欢也。瞯①然见横芥于道,其一先呼,而众童子争之,遂相挞击,有伤者。

迂夫惕然,亟归而叹曰:"噫!夫天下之利大于横芥者多矣,吾不知戒而日与人游,恃其欢而信其约。一旦有先呼而斗者,能无伤乎?"

司马光《司马温公文集·迀书》

【注释】

　　①瞁(jú):惊视。

【译文】

　　迀夫看见一群小孩在路上拾柴禾,并相互约定说:"见到柴禾,谁先喊就归谁得,后喊的人不能争抢。"孩子们都说:"好!"然后他们向前行去,路上他们一边说笑,一边嬉闹,十分欢快。不一会,他们突然发现路上横着一根草,其中一个孩子先喊出了声,但其他的孩子也都跟来争抢,于是相互斗打起来,有的孩子还被打伤。

　　迀夫见了,十分恐慌,连忙回到家中,感叹道:"唉,天下比一棵小草更大的利益多得很。我不知戒备,每日与人交往,依仗着关系融洽而相信别人的许诺。一旦出现先喊一声然后打斗起来的事情,能不被别人伤害吗?"

齿鞋匠与乐工

　　有齿鞋匠与乐工居隔壁。齿鞋者母卒未殓,乐工理乐不辍。匠者怒,因相诟成讼。乐工曰:"此某业也。苟不为,衣与食且废。"执政判曰:"此本业,安可丧辍?他日乐工有丧事,亦住尔齿鞋不辍。"

《唐语林》

【译文】

　　有位修鞋匠住在一位乐工的隔壁。修鞋匠的母亲死了,还没有装殓入葬,但乐工还是每天不停地弹奏他的乐器。修鞋匠因此十分恼火,于是相互辱骂,还打起了官司。乐工说:"这是我谋生的职业。我如果不摆弄乐器,就没饭吃,没衣穿。"法官最后判道:"这是他的本职工作,怎么能因丧事而停止呢? 来日乐工家里如有丧事,你也可以修鞋不止嘛。"

老妪与虎

曾有老妪山行，见一兽如大虫，羸然跬步而不进，若伤其足者。妪因即之，而虎举前足以示妪。妪看之，乃有芒刺在掌下，因为拔之。俄而奋迅阚①吼，别妪而去，似婉其恩者。

及归，翌日，自外掷麋鹿狐兔至于庭者，日无阙焉。妪登垣视之，乃前伤虎也，因为亲族具言其事，而心异之。

一旦，忽掷一死人，血肉狼藉，乃被村人凶者呵捕，云杀人。妪具说其由，始得释缚。乃登垣伺其虎至，而语之曰："感则感矣，叩头大王，已后更莫抛人来也！"

《唐语林》

【注释】

① 阚(hǎn)：老虎发怒的样子。

【译文】

曾有一位老妇人在山中行走，看见一只像老虎样的野兽，拖着瘦弱的身子，走也走不动，像是伤了脚掌似的。老妇人于是走近老虎，老虎则抬着前爪给老妇人看。老妇人一瞧，老虎脚掌上扎进了一根芒刺。于是，老妇人给它把刺拔了出来。一会儿，老虎显得很兴奋，长啸一阵，离开老妇走了，好像有感恩戴德的意思。

老妇人回去的第二天，就有麋鹿、狐狸、兔子之类的动物从外面抛进了院子，而且天天都是如此。老妇人登上院墙头一看，发现是那个脚掌受伤的老虎干的。于是，老妇就把这事从头到尾地告诉了家族里的人，族人们心里也感到很奇怪。

一天早上，一个血肉模糊的死人突然被扔进了院子里，老妇便遭到了村里凶横之人的呵斥、抓捕，说她杀了人。老妇详细地说明了事情的原委，才得以释放。于是，她登上墙头等老虎来了后，说：

"我对您已是感激不尽,我现在要向你叩头,请以后再不要向我院子里扔人了。"

饭 车

天雨,迁夫出见饭车息于高蹊者,指谓其徒曰:"是车也将覆,不久矣!"行未十步,闻讙①声,顾见其车已覆。其徒问曰:"子何用知之?"迁夫曰:"吾以人事知之。夫天雨道泞,而蹊独不濡,又狭而高,是众人之所趣也。而车不量其力,固狭擅高,久留不去,以妨众人之欲进者,其能无覆乎?祸有钜于此者,奚饭车之足云?"

司马光《司马温公文集·迁书》

【注释】

①讙(huān):喧哗。

【译文】

天正下着雨,迁夫出门看见一辆饭车停在高高的山路上,便指着饭车对自己的徒弟说:"这辆饭车不久就要翻的。"还没走出十步之远,就听见喧闹声,回头一看,饭车已经翻了。徒弟便问迁夫说:"你是凭什么知道车子要翻?"迁夫回答说:"我是由人际关系中的事理推知的。天下雨,一般道路便充满泥泞,而只有山路无泥、不滑,又因为山路狭窄且高,人们又都想走这山路。所以饭车不自量力,依仗着山路狭窄、高陡,停在那里久留不去,阻拦着那些想走山路的人,哪有不被挤翻的道理呢?社会上由此引出的祸害比这大得多,一辆饭车的翻覆又算得上什么?"

痴人说梦

僧伽,龙朔中游江淮间,其迹甚异。有问之曰:"汝何姓？"答曰："姓何。"又问："何国人？"答曰："何国人。"唐李邕作碑，不晓其言，乃书传曰："大师姓何，何国人。"此正所谓对痴人说梦耳。

惠洪《冷斋夜话》

【译文】

　　唐高宗龙朔年间，有个叫伽的僧人，在长江、淮河一带漂泊，行迹非常奇特。有人问他说："你何姓？"他便回答说；"姓何。"人又问他："你是何国人？"他又回答说："何国人。"后来，唐朝李邕（yōng）给他写碑文，因为不知他的话的含义，就在传记中写道："大师姓何，何国人。"这正是所谓对傻子讲梦话呵！

一蟹不如一蟹

　　艾子行于海上，见一物圆而褊，且多足，问居人曰："此何物也？"曰："蝤蛑也。"既又见一物圆褊多足，问居人曰："此何物也？"曰："螃蟹也。"又于后得一物，状貌皆若前所见而极小，问居人曰："此何物也？"曰："彭越也。"

　　艾子喟然叹曰："何一蟹不如一蟹也！"

《艾子杂说》

【译文】

　　艾子在海滩上行走，看见一种形体圆而扁的动物，长着很多脚，艾子便问住在此地的人说："这是什么动物呀？"别人回答说："这是蝤蛑（yóumóu）。"接着，又看见一种动物，体形圆而扁，而且也长着很多脚，再问居住在那里的人说："这是什么东西？"回答说："这是螃蟹。"后来，又看见一种动物，形体、模样都和先前所见到的是一个样，只是显得更小了，艾子便问当地人说："这又是什么东西呀？"回答说："这是彭越。"

　　艾子听后，叹了口气："怎么一蟹不如一蟹呀！"

食菌得仙

粤人有采山而得菌,其大盈箱,其叶九成,其色如金,其光四照。以归,谓其妻子曰:"此所谓神芝者也,食之者仙。吾闻仙必有分,天不妄与也。人求弗能得,而吾得之,吾其仙矣。"乃沐浴,斋三日而烹食之,入咽而死。其子视之曰:"吾闻得仙者必蜕其骸,人为骸所累,故不得仙。今吾父蜕其骸矣,非死也。"乃食其余,又死。于是同室之人皆食之而死。

刘基《郁离子·采山得菌》

【译文】

广东有个人在山上采集到一个蘑菇,那蘑菇大得能够装满箱子,它的叶子有九层,它的颜色像金子,光芒四射。带着蘑菇回到家里,他对妻子说:"这就是人们所说的灵芝,吃了它可以成仙。我听说成仙要有缘分,老天爷从来不随便把灵芝赐给一般人的。人家求都得不到,我却得到了,我就要成仙了。"于是那人沐浴更衣,斋戒三天把蘑菇煮熟了吃,刚吞下去就死了。他儿子见到父亲的尸体说:"我听说成了仙的人一定要蜕去自己的躯体。人们被自己的血肉之躯所拖累,所以不能成仙。现在我父亲蜕除了躯体成了仙,这不是死。"于是吃剩下来的蘑菇,又死了。就这样这一家人都因吃所谓的"灵芝"死掉了。

翠鸟移巢

翠鸟先高作巢以避患。及生子,爱之,恐坠,稍下作巢。

子长羽毛,复益爱之,又更卜巢,而人遂得而取之矣。

冯梦龙《古今谭概》

【译文】

　　翠鸟开始将窝筑得高高的,以避免灾祸。等到孵出了小鸟,因为很喜欢它们,生怕它们从上面掉下来,便将鸟窝往下移了一些。小鸟长出羽毛了,翠鸟更加喜欢它们,又把鸟窝往下移低了,于是人们便轻而易举地将小鸟捉走了。

妄语误人

　　里人张某,深险诡谲,虽至亲骨肉,不能得其一实语。而口舌巧捷,多为所欺。人号曰"秃项马"。马秃项,为无鬃,鬃、踪同音,言其恍惚闪烁无踪可觅也。

　　一日,与其父夜行,迷路。隔陇见数人团坐,呼问:"当何向?"数人皆应曰:"向北。"因陷深淖中。又遥呼问之,皆应曰:"转东!"乃几至灭顶,鳖躞①泥涂,困不能出。闻数人拊②掌笑曰:"秃项马,尔今知妄语之误人否?"近在耳畔,而不睹其形,方知为鬼所绐也。

纪昀《阅微草堂笔记·滦阳消夏录》

【注释】

　　①鳖躞(bié xiè):盘旋而行。

　　②拊(fǔ):拍打,轻击。

【译文】

　　有个乡里人张某,为人十分阴险狡诈,即使是父母兄弟也不能从他嘴里听到一句实话。而且这人的口齿伶俐,极善花言巧语,很多人都受过他的欺骗。因此,人们给他取了一个绰号,叫做"秃项马"。马的项颈秃了,就是没有鬃毛。"鬃"与"踪"同音,是讥讽他说话迷离闪烁、虚幻不实,让人无法相信。

有一天,张某和他父亲夜晚赶路,迷失了方向。他们隔着田垄看见几个人正围坐在一起,便大声呼喊问道:"应该向哪个方向走呀?"有好几个人都回答说:"向北。"结果,没走上几步便陷到泥沼中去了。又远远地问那些人,那些人又都回答说:"向东转。"他们向东一转,几乎遭到灭顶之灾,父子二人在泥沼中翻滚挣扎,怎么也出不来了。这时,只听见那几个人拍掌笑着说:"秃项马,你今天可知道说假话的后果了吧!"那声音就近在耳边,但却看不到人影,这时才知道是鬼在捉弄他。

王良与嬖奚

昔者赵简子使王良与嬖奚乘,终日而不获一禽。嬖奚反命曰:"天下之贱工也!"

或以告王良。良曰:"请复之!"强而后可,一朝而获十禽。嬖奚反命曰:"天下之良工也!"

简子曰:"我使掌与女乘。"谓王良,良不可,曰:"吾为之范我驰驱,终日不获一;为之诡遇,一朝而获十。《诗》云:'不失其驰,舍矢如破。'我不贯与小人乘,请辞!"

《孟子·滕文公下》

【译文】

从前,赵简子派王良给嬖奚驾车去打猎,打了一整天,但一只鸟兽也没打到。嬖奚回来后说:"王良是天下最无能的车夫!"

有人将嬖奚的话告诉了王良,王良对嬖奚说:"请再去试猎一次。"几番勉强,嬖奚这才同意,结果一早晨就打到十只鸟兽。嬖奚回来后又说:"王良是天下最优秀的车夫!"

赵简子对嬖奚说:"我让王良专门来负责给你驾车。"又去对王良讲了这个意思,王良不同意,说:"我按规矩给嬖奚赶车,整天都打不到一只鸟兽；相反，不按规矩给他赶车，这样，他略施巧技，一个早晨就打到十只鸟兽。《诗经》中说：'不违规则地朝前赶车，发射箭矢百发百中。'我不习惯与不懂规矩的小人驾车，我不能接受这件差事。"

晏子逐高缭

　　高缭仕于晏子，晏子逐之，左右谏曰："高缭之事夫子三年，曾无以爵位，而逐之，其义可乎？"

　　晏子曰："婴仄陋之人也。四维之然后能直，今此子事吾三年，未尝弼吾过，是以逐之也。"

刘向《说苑·臣术》

【译文】

　　高缭在晏子手下做官，晏子后来把他赶走了。周围的人劝晏子说："高缭为你做了三年事，你不仅没有给他一个爵位，而且还把他撵走了，这在道义上恐怕讲不过去吧？"

　　晏子说："我晏婴是个孤陋寡闻的人，靠四周的人帮助才能不犯错误，现在他跟随我三年了，却从没有给我纠正过错误，所以，我才把他赶走了。"

智勇风采

运斤成风

郢人垩^①漫其鼻端若蝇翼,使匠石斫之。

匠石运斤成风,听而斫之,尽垩而鼻不伤,郢人立不失容。

宋元君闻之,召匠石曰:"尝试为寡人为之。"

匠石曰:"臣则尝能斫之。虽然,臣之质死久矣。"

《庄子·徐无鬼》

【注释】

①垩(è):白土。

【译文】

楚国郢都有个人,鼻尖上沾了点像苍蝇翅膀那样薄的白泥巴,让一名叫石的工匠用斧头削掉它。

工匠石挥动斧头,带来一阵旋风,这个郢都人一动不动地听任工匠石用斧头去削白泥巴,白泥巴削干净了,郢都人的鼻子却一点也没有伤着,郢都人神色泰然。

宋元君听说了此事,召来工匠石说:"你能不能试着为我削一削鼻子上的泥巴?"

工匠石回答说:"我以前确实是能用斧头削鼻子上的泥巴。但是现在,让我削鼻子上泥巴的人已经死了很久了。"

任公子钓大鱼

任公子为大钩巨缁,五十犗以为饵,蹲乎会稽,投竿东海,旦旦而钓,期年不得鱼。已而大鱼食之,牵巨钩,錎没而下,骛扬而奋鬐①,白波若山,海水震荡,声侔鬼神,惮赫千里。任公子得若鱼,离而腊②之,自制河以东,苍梧已北,莫不厌若鱼者。已而后世辁才③讽说之徒,皆惊而相告也。夫揭竿累,趣灌渎,守鲵鲋④,其于得大鱼难矣;饰小说以干县令,其于大达亦远矣。是以未尝闻任氏之风俗,其不可与经于世亦远矣。

《庄子·外物》

【注释】

①鬐(qí):鱼鳍。

②腊(xī):制成干肉。

③辁(quán)才:小才。

④鲵鲋(nífù):鱼名。

【译文】

任公子做了一个巨大的鱼钩,系上很粗的黑丝绳子,用五十头阉过的公牛做钓饵,蹲在会稽山上,把鱼竿伸在东海中,天天垂竿而钓,等鱼上钩,整整一周年也没有钓到鱼。后来有条大鱼吞食下鱼饵,它牵动着那只巨大的鱼钩,沉没到海底,又跃出海面,张开鳍翅掀起的白色波浪奔涌如山,海水翻腾,如鬼神怒吼,千里闻之,心惊胆战。任公子钓到这条大鱼后,把它剖开而晾制咸鱼干,从浙江以东,到苍梧山以北的广大地区,人人都吃腻了这条大鱼。事过之后,那些才智浅薄、评头品足的人都惊讶地转告此事。实际上举根小竹竿,跑到沟渠边,整天守着泥鳅小鱼的人,他们要想钓到大鱼是不可能的;修饰一些街谈巷议的内容去打动听众,博取美誉,这样的人根本谈不上深明大理。因此,不曾听说过任公子钓大鱼的气魄的人,跟他们没法谈治理天下的大事,是绝对无疑了。

痀偻承蜩

仲尼适楚,出于林中,见痀偻①者承蜩②,犹掇③之也。

仲尼曰："子巧乎！有道邪[?]"

曰："我有道也。五六月累丸二而不坠，则失者锱铢^④；累三而不坠，则失者十一；累五而不坠，犹掇之也。吾处身也，若橛^⑤株拘；吾执臂也，若槁木之枝；虽天地之大，万物之多，而唯蜩翼之知。吾不反不侧，不以万物易蜩之翼，何为而不得！"

孔子顾谓弟子曰："志不分，乃凝于神，其痀偻丈人之谓乎！"

《庄子·达生》

【注释】

①痀偻(gōulóu)：脊背弯曲。

②蜩(tiáo)：蝉的一种。

③掇(duō)：拾取。

④锱铢(zīzhū)：比喻极细微的数量。

⑤橛(jué)：小木桩。

【译文】

孔子去楚国，从一片树林中走过，看见一位驼背的老人用竿子粘取蝉，像在拾东西一样，很轻松地粘住了蝉。

孔子说："你的手真巧啊！你粘蝉有诀窍吗？"

驼背老人说："我有诀窍。五六月间我在竹竿头上累加粘蝉的丸子，如果加放两颗丸子能不掉下来，粘蝉时蝉就很少能跑掉；如果加至三颗粘丸能不掉下来，那粘蝉时能逃走的就不过十分之一；如果加到五颗粘丸而能不掉下来，那粘蝉时能逃掉的就一个也没有了，我粘蝉就像拾东西一样简单。粘蝉时，我站在那里就像一根树桩、我伸出的手臂，就像一根枯树枝那样一动不动。天地虽然广大，万物虽然纷繁，但我心中只有蝉的翅膀。我不回头也不转身，不因周围的一切而分散我的注意力，这样，怎么会粘不住树上的蝉呢！"

孔子回头对身后的弟子说："用心专一，以至于全神贯注，说的就是这位驼背老人吧！"

津人操舟

颜渊问仲尼曰:"吾尝济乎觞深之渊,津人操舟若神。吾问焉,曰:'操舟可学邪?'曰:'可。善游者数能,若乃夫没人,则未尝见舟而便操之也。'吾问焉而不吾告,敢问何谓也?"

仲尼曰:"善游者数能,忘水也。若乃夫没人之未尝见舟而便操之也,彼视渊若陵,视舟之覆犹其车却也。覆却万方陈乎前而不得入其舍,恶往而不暇!以瓦注者巧,以钩注者惮,以黄金注者殙①。其巧一也,而有所矜,则重外也。凡外重者内拙。"

《庄子·达生》

【注释】

①殙(hún):昏乱,神志不清。

【译文】

颜回问孔子说:"我曾乘船渡过一个名叫觞深的深水潭,摆渡船的人驾船的技术达到了出神入化的地步。我询问他驾船的事,说:'驾船的技巧我们可以学会吗?'他回答说:'能学会。会游水的人多驾几次船就会了。至于说那些能潜水的人,就是他从没见过船是什么模样,他也能一见到船便会操作。'我再问他为什么会这样,驾船人却不告诉我所以然,请问夫子您这是什么意思呢?"

孔子说:"善于游水的人多练习几次操船就会驾驶,是因为熟习水性,没有在水上的恐惧。至于那些潜水者之所以从不曾见过船,也能一见就会,是因为他们的眼睛看待深渊就像平常人看到的山陵,把翻船看得就像是车子在山坡上倒退几步那样平常。在他面前形形色色的翻船倒车的危险太平常了,他从不放在心上,往哪儿驾船他会紧张而不轻松自如呢?用瓦片作为赌注的人赌博特别轻巧,用衣带钩作赌注的人赌博时有些害怕,用黄金作赌注的赌起来吓得要命。赌博的技巧是一样的,而后者却担心受怕,说明他们所重视的是赌博时的外物。凡是重视外物的人内心一定笨拙。"

梓庆为镶

梓庆削木为镶①,镶成,见者惊犹鬼神。

鲁侯见而问焉,曰:"子何术以为焉?"

对曰:"臣工人,何术之有!虽然,有一焉。臣将为镶,未尝敢以耗气也,必齐以静心。齐三日,而不敢怀庆赏爵禄;齐五日,不敢怀非誉巧拙;齐七日,辄然忘吾有四肢形体也。当是时也,无公朝,其巧专而外骨消;然后入山林,观天性;形躯至矣,然后成见镶,然后加手焉;不然则已。则以天合天,器之所以疑神者,其是与!"

《庄子·达生》

【注释】

①镶(jù):同"簴",古代悬挂编钟、编磬木架上的立柱。

【译文】

梓庆雕削木头制作镶,镶做成了,看见的人个个惊叹镶的精巧,以为是鬼斧神工。

鲁侯见到镶而召问梓庆说:"你用什么道术来雕削镶呢?"

梓庆回答说:"我是一个工匠,哪会有什么道术呢?即使这样,还是有一点值得一提的。我将要雕削镶时,是从不敢分散精力、耗散神气的,一定得用斋戒来清静心神。斋戒三天之后,就不敢再希求赏赐和爵禄了;斋戒五天之后,就不敢再心想着他人对自己的是非议论了;斋戒七天之后,我就自然地忘记了自己是个人,还有自己的四肢和形体了。到了此时,我完全忘了我是身在宫中,我的心思全集中在雕削这件事上,外界的纷扰全都消失;这样之后我才进入山

115

林,观察树木自然的生长状态;看到了完全符合做镶的木材,然后在头脑中形成完整的镶最后才动手去制作;不能达到上面的境界就必须停下来。经过这样一番心灵的净化,我的精神已完全和自然相吻合,用吻合自然的心灵去雕削生来就符合镶的造型的树木,制作出来的器具所以被认为是鬼斧神工,大概就是这个缘故吧!"

纪渻子养斗鸡

纪渻子为王养斗鸡。

十日而问:"鸡已乎?"

曰:"未也,方虚恬而恃气。"

十日又问,曰:"未也。犹应响景。"

十日又问,曰:"未也。犹疾视而盛气。"

十日又问,曰:"几矣。鸡虽有鸣者,已无变矣。望之似木鸡矣,其德全矣,异鸡无敢应者,反走矣。"

《庄子·达生》

【译文】

纪渻(shěng)子为君王驯养专门用来决斗的鸡。

驯养了十天之后,君王便来问:"斗鸡驯养好了吗?"

纪渻子回答说:"还没有驯好,那只斗鸡还很虚骄自负,趾高气扬的。"

又过了十天,君王来问,纪渻子回答说:"还没有驯好,那只鸡反应还像回声和影子一样迅速。"

又过了十天,君王来问,纪渻子回答说:"还没有驯好,那只鸡看东西反应仍很快,而且还有些盛气好斗。"

又过了十天,君王来问,纪渻子这才回答说:"那只鸡已驯得差不多了。虽然有的鸡鸣叫着向它挑战,它已不惊不动,毫无反应。看上去它像只木头雕的鸡,但它的内在德性已经养成,别的鸡没有谁再敢向它应战,一看见它就掉头逃跑了。"

曾子食鱼

　　曾子食鱼,有余,曰:"泔之。"门人曰:"泔之伤人,不若奥之。"曾子泣涕曰:"有异心乎哉?"伤其闻之晚也。

《荀子·大略》

【译文】

　　曾子吃鱼,一次吃不完,还剩下一些,他便吩咐学生:"把剩下的鱼做成鱼汤。"学生说:"做成鱼汤容易变质,吃了人会生病,不如将它腌起来。"曾子听后哭泣流涕地说:"我哪里是有不好的念头想去害人呢?"他痛心的是自己懂得这种常识太晚了啊。

魏王谋郑

　　魏王谓郑王曰:"始郑、梁一国也,已而别,今愿复得郑而合之梁。"

　　郑君患之,召群臣而与之谋所以对魏,郑公子谓郑君曰:"此甚易应也。君对魏曰:以郑为故魏而可合也,则弊邑亦愿得梁而合之郑。"魏王乃止。

《韩非子·内储说上》

【译文】

　　魏王对郑王说:"原先郑国和魏国是一个国家,后来分成了两国,现在我想得到郑国而将它合并进魏国去。"

　　郑国的国君对此十分担忧,召集来群臣,和大臣们商议对付魏国的办法,郑国的王子对国君说:"既然可以把郑国当成原先魏国的一部分而合并到魏国去,那么我们也希望得到魏国而合并到我国

来,只要一个郑国也是一样。"郑国的国君用这样的话去回答魏王,
魏王便不再提此事。

射稽之讴

宋王与齐仇也,筑武宫。讴癸倡,行者止观,筑者不倦,
王闻,召而赐之。对曰:"臣师射稽之讴又贤于癸。"

召射稽使之讴,行者不止,筑者知倦,王曰:"行者不止,
筑者知倦,其讴不胜如癸美何也?"

对曰:"王试度其功,癸四板,射稽八板;擿^①其坚,癸五
寸,射稽二寸。"

《韩非子·外储说左上》

【注释】

①擿(tī):此指用尖锐之物戳入墙中检测。

【译文】

宋国的国王与齐国结下了仇怨,就召人修筑武苑。有个名叫癸
的民歌手在工地上领头唱起号子,走路的人都停下来倾听,筑墙的
人也不感到疲倦。宋王听说了此事,便把癸召进宫中加以赏赐。癸
回答宋王说:"我的老师射稽的歌比我唱得还好。"

宋王就把癸的老师射稽召来,让他在工地上唱歌。射稽唱时行
人照样走路,筑墙的人感觉到疲倦。宋王说:"走路的人没有停下来
听,筑墙的人也感到疲倦,他不如癸唱得好,这是什么原因呢?"

癸回答说:"您不能被表面现象所迷惑,您要去考察我们唱歌的
不同效果,我唱上一声,筑墙的人只能筑四板,射稽唱一声却能筑八
板;检验墙的坚实程度,我唱歌时筑的墙能戳进去五寸,射稽唱歌时
筑的墙,却只能戳进去二寸。"

曾子杀彘①

曾子之妻之市,其子随之而泣。其母曰:"女还,顾反为女杀彘。"

妻适市来,曾子欲捕彘杀之,妻止之曰:"特与婴儿戏耳。"

曾子曰:"婴儿非与戏也。婴儿非有知也,待父母而学者也,听父母之教。今子欺之,是教子欺也。母欺子,子而不信其母,非所以成教也。"

遂烹彘也。

《韩非子·外储说左上》

【注释】

①彘(zhì):猪。

【译文】

曾子的妻子上街去,他的儿子跟在后面哭着要去。曾子的妻子没有办法,对儿子说:"你回去吧,我从街上回来了杀猪给你吃。"

曾子的妻子刚从街上回家,曾子便准备把猪抓来杀了,他的妻子劝阻他说:"我只是哄小孩才说要杀猪的,不过是玩笑罢了。"

曾子说:"小孩不是可以哄他玩的。小孩子并不懂事,什么知识都需从父母那里学来,需要父母的教导。现在你如果哄骗他,这就是教导小孩去哄骗他人。母亲哄骗小孩,小孩就会不相信他的母亲,这不是教育孩子成为正人君子的办法。"

说完,曾子便杀了猪煮给孩子吃。

卖宅避悍

有与悍者邻,欲卖宅而避之。

人曰："是其贯将满矣，子姑待之。"

答曰："吾恐其以我满贯也。"遂去之。

故曰："物主几者，非所靡也。"

《韩非子·说林下》

【译文】

有个与凶悍的人作邻居的人，想卖掉自己的住宅来躲避凶悍的邻居。

有人说："你的邻居已快恶贯满盈了，你姑且等待一下吧，说不定官府就来治他的罪了。"

这个人回答说："我担心他会用害我来满他的贯。"于是就卖掉住宅躲开了。

所以说："事情一旦出现了坏苗头，你就不应该再去靠近它。"

晏子使楚

晏子至，楚王赐晏子酒。酒酣，吏二人缚一人诣王。

王曰："缚者曷为者也？"

对曰："齐人也，坐盗。"

王视晏子曰："齐人固善盗乎？"

晏子避席对曰："婴闻之，桔生淮南则为桔，生于淮北则为枳①。叶徒相似，其实味不同。所以然者何？水土异也。今民生长于齐不盗，入楚则盗，得无楚之水土使民善盗耶？"

《晏子春秋·内篇·杂下》

【注释】

①枳(zhǐ)：一种灌木，多刺，果实可以入药。

【译文】

晏子来到楚国，楚王让晏子喝酒。喝得正欢畅的时候，有两个小吏绑着一个人来到楚王面前。

楚王说:"这个被绑的人干了什么坏事?"

小吏回答说:"是齐国人,犯了偷盗罪。"

楚王便盯着晏子说:"齐国人本来就善于偷盗吗?"

晏子离开坐席回答说:"我晏婴听说,桔树生在淮河以南就是桔树,生在淮河以北就变为枳树,它们只是叶子相似,果实的味道却不相同。其所以会这样是什么原因呢?那是由于水土不同啊。现在百姓生长在齐国不偷东西,到了楚国就偷东西,莫非是楚国的水土使得人善于偷东西吗?

烛邹亡鸟

景公好弋①,使烛邹主鸟而亡之。公怒,召吏欲杀之,晏子曰:"烛邹有罪三,请数之以其罪而杀之。"公曰:"可。"

于是召而数之公前,曰:"烛邹,汝为吾君主鸟而亡之,是罪一也;使吾君以鸟之故杀人,是罪二也;使诸侯闻之,以吾君重鸟以轻士,是罪三也。数烛邹罪已毕,请杀之。"

公曰:"勿杀,寡人闻命矣。"

《晏子春秋·外篇》

【注释】

①弋(yì):用带有绳子的箭来射。此指射鸟。

【译文】

齐景公喜欢射鸟,让烛邹专管养鸟,可是鸟却飞走了。齐景公大发雷霆,召见官吏想杀掉烛邹。晏子说:"烛邹有三条罪状,请允许我将他的罪状列举出来后再杀掉他。"齐景公说:"行。"

晏子于是将烛邹叫来,当着齐景公的面列举他的罪状说:"烛邹!你替我们的国君主管鸟,却让鸟飞走了,这是第一条罪;你使得我们的国君因为鸟的缘故去杀人,这是第二条罪;你使得诸侯听说了这件事,认为我们的国君重视鸟轻视士,这是第三条罪。烛邹的罪状已经列举完了,请主上杀掉他。"

齐景公说:"不要杀。我听懂你的意思了。"

尹儒学御

尹儒学御,三年而不得焉,苦痛之,夜梦受秋驾于其师。明日往朝其师,望而谓之曰:"吾非爱道也,恐子之未可与也。今日将教子以秋驾。"尹儒反走,北面再拜曰:"今昔臣梦受之。"先为其师言所梦,所梦固秋驾已。

《吕氏春秋·不苟论·博志》

【译文】

尹儒学驾车,学了三年,还没有掌握驾车的技术,为此感到很痛苦,有天夜里做梦,梦见从老师那里学到了秋驾的精湛技艺。第二天他去拜见老师,老师看见他,对他说:"我从前并不是吝惜我的技术而不愿教你,是怕你不可教导啊。现在我将教给你秋驾之技。"尹儒往回跑了几步,脸朝北拜了两次说:"昨天晚上我在梦中已经学到了秋驾之术。"于是他先向老师讲述了他所做的梦,果然就是老师要教给他的秋驾之术。

郑师文学琴

瓠①巴鼓琴而鸟舞鱼跃,郑师文闻之,弃家从师襄游。柱指钩弦,三年不成章。

师襄曰:"子可以归矣。"

师文舍其琴,叹曰:"文非弦之不能钩,非章之不能成。文所存者不在弦,所志者不在声。内不得于心,外不应于器,故不敢发手而动弦。且小假之,以观其后。"

无几何，复见师襄。师襄曰："子之琴何如？"

师文曰："得之矣。请尝试之。"

于是当春而叩商弦以召南吕，凉风忽至，草木成实。及秋而叩角弦以激夹钟，温风徐回，草木发荣。当夏而叩羽弦以召黄钟，霜雪交下，川池暴沍②。及冬而叩徵弦以激蕤③宾，阳光炽烈，坚冰立散。将终，命宫而总四弦，则景风翔，庆云浮，甘露降，澧泉涌。

师襄乃抚心高蹈曰："微矣，子之弹也！虽师旷之清角，邹衍之吹律，亡以加之。彼将挟琴执管而从子之后耳。"

《列子·汤问》

【注释】

①瓠(hú)：葫芦。

②沍(hù)：冻结。

③蕤(ruí)：下垂的花。

【译文】

瓠巴弹琴，鸟听到琴声会应节起舞，鱼儿会跃出水面，郑师文听说后，便离开家跟随师襄学习弹琴。师襄按住他的手指调理琴弦，但郑师文学了三年也没学会弹曲。

师襄说："你可以回家去了。"

郑师文放下他手中的琴，叹声说："我不是不能自己调琴弦，自己弹曲子。是我的心思没在弦上，意念不在琴声上。这样内不能得之于心，外也就不能相应地调好琴弦，以致不敢放开手脚去弹琴。请稍缓几天，给我几天练习的日子，再看我弹得怎样。"

没过几天，郑师文又去见师襄。师襄说："你的琴弹得如何了？"

郑师文说："已得心应手了。我请求试弹一曲。"

于是，郑师文展琴弹奏起来，能在春天时拨动商弦而奏出南吕之音，凉风忽然吹来，草木成熟结果。又能在秋天时拨动羽弦而奏出夹钟之音，暖风慢吹，草长花开。又能在夏天时而奏出黄钟之音，霜雪纷纷飘下，河流结冰，顿成雪原。还能在冬天时拨动徵弦而奏出蕤宾之音，立刻赤日炎炎，坚冰顿消。一曲弹终，他让宫音总括商、角、羽、徵四弦，便有南风轻拂，卿云飘过，甘露从天而降，醴泉喷涌而出。

师襄听完一曲，抚着胸口，高兴得手舞足蹈，说："太妙了，你弹得太妙了！即使是师旷吹起清角，邹衍奏出旋律，也是望尘莫及。他们都应带了琴拿上乐管跟在你的后面当学生。"

扁鹊换心

鲁公扈、赵齐婴二人有疾，同请扁鹊求治。扁鹊治之，既同愈，谓公扈、齐婴曰："汝曩之所疾，自外而干府脏者，固药石之所已。今有偕生之疾，与体偕长，今为汝攻之何如？"

二人曰："愿先闻其验。"

扁鹊谓公扈曰："汝志强而气弱，故足于谋而寡于断；齐婴志弱而气强，故少于虑而伤于专。若换汝之心，则均于善矣。"

扁鹊遂饮二人毒酒，迷死三日，剖胸探心，易而置之，投以神药；既悟，如初。二人辞归。

于是，公扈反齐婴之室，而有其妻子，妻子弗识；齐婴亦反公扈之室，有其妻子，妻亦弗识，二室因相与讼，求辨于扁鹊，扁鹊辨其所由，讼乃已。

《列子·汤问》

【译文】

鲁国的公扈和赵国的齐婴两人都生了病，一同去请扁鹊给他们治病。扁鹊给他们医治，不久两人同时治愈，扁鹊对公扈和齐婴说："你们以前所得的病，都是邪气从外影响腑脏的结果，那本是药物、针石能够治愈的，所以很快就给你们治好了。现在你们身上有种与生俱来的疾病，它随你们的生长而生长，我如今为你们加以治疗，怎么样?"

两个人都说:"希望先听您说说这病的症状。"

扁鹊就对公扈说:"你志强而气弱,所以长于谋划但少决断;齐婴志弱而气强,所以少谋划而多独断专行。如果把你们的心交换一下,那么,两个人都会很完美的。"

扁鹊便让他们俩喝下麻醉药酒,昏迷三天,剖开他们的胸部,取出心脏,交换了安放上去,敷上神药;等他们醒来时,已同原来一模一样。两人便辞别扁鹊回家。

公扈、齐婴两人回去,结果公扈回到了齐婴的家里,同齐婴的妻小同居,齐婴的老婆孩子不认识他。齐婴回到了公扈的家里,与公扈的老婆孩子同居,公扈的妻小也不认识他。两家人打起了官司,到扁鹊那里去辩论,扁鹊给他们讲清事情的原由,官司才平息。

列子射箭

列御寇为伯昏瞀人射,引之盈贯,措杯水其肘上,发之,镝矢^①复沓,方矢复寓。当是时也,犹象人也。

伯昏瞀人曰:"是射之射,非不射之射也。当与汝登高山,履危石,临百仞之渊,若能射乎?"

于是瞀人遂登高山,履危石,临百仞之渊,背逡巡^②,足二分垂在外,揖御寇而进之。御寇伏地,汗流至踵。

伯昏瞀人曰:"夫至人者,上窥青天,下潜黄泉,挥斥八极,神气不变。今汝怵(chù)然有恂目^③之志,尔于中也殆矣夫!"

《列子·黄帝》

【注释】

①镝(dí)矢:箭。

②逡(qūn)巡:退却,退让。

125

③恂（xún）目：眨眼。

【译文】

列御寇给伯昏瞀（mào）人演示射箭，他把弓弦拉成满月，放一杯水在自己的手肘上，将箭发射出去，箭头在箭靶上重叠起来，一支箭刚射出去，另一支箭已经上弦。在这时候，列御寇站在那里就像木头人一样，一动不动的。

伯昏瞀人说："你的这种射术只不过是靶场上射箭时那种一般的射法，并不是那种在不射箭的时候就能显现高超射术的射法。假如我要你和我一同登上高山，攀上悬崖，面对万丈深渊，那时你还能射吗？"

于是，伯昏瞀人便登上高山，攀上悬崖，在靠近万丈深渊的地方，倒退着向悬崖的边缘走去，脚有二分悬在万丈深渊上面，长揖招呼列御寇往前走。列御寇匍伏在地，汗水流到了脚跟。

伯昏瞀人说："那些至人，向上仰视青天，向下能潜入黄泉，遨游宇宙，神色也不为之变化。现在你只到悬崖边就惊吓得心惊眼跳，可见你内心太虚弱了！"

韩娥善歌

昔韩娥东之齐，匮粮，过雍门，鬻歌假食。既去，而余音绕梁枅，三日不绝，左右以其人弗去。

过逆旅，逆旅人辱之，韩娥因曼声哀哭，一里老幼，悲愁垂涕相对，三日不食。遽而追之。娥还，复为曼声长歌，一里老幼，善跃抃①舞，弗能自禁，忘向之悲也。乃厚赂发之。

《列子·汤问》

【注释】

①抃（biàn）：拍手，两手相击。

【译文】

　　从前韩娥往东到齐国去，路上没有粮食吃，经过齐国都城的西门，她便卖唱换粮。她离开齐国都城都已很久，但她的歌声的余音绕着屋梁，几天都不消失，周围的人还认为她没有离开这里。

　　韩娥路过一家旅店，旅店里的人侮辱她，韩娥因此长声哀哭，当地全村的老老小小，听到哭声都悲愁得直落眼泪，三天吃不下饭。人们立刻去追赶韩娥。韩娥回村后，又改用长声欢歌，全村的老老少少不停地跳跃鼓掌，情不自禁，把先前的悲愁全忘光了。于是，大家赠给韩娥很多财物，把她送回家去。

鲍氏之子

　　齐田氏祖于庭，食客千人。中坐有献鱼雁者，田氏视之，乃叹曰："天之于民厚矣，殖五谷，生鱼鸟，以为之用。"众客和之如响。

　　鲍氏之子年十二，预于次，进曰："不如君言。天地万物与我并生，类也。类无贵贱，徒以小大智力而相制，迭相食，非相为而生之。人取可食者而食之，岂天本为人生之？且蚊蚋①嘬②肤，虎狼食肉，非天本为蚊蚋生人，虎狼生肉者哉？"

《列子·说符》

【注释】

　　①蚊蚋（ruì）：即蚊子。

　　②嘬（zǎn）：叮，咬。

【译文】

　　齐国的田氏在庭中祭路神，在场的食客达千余人。其中有献鱼和大雁的，田氏看到后，很有感慨地说："上天对于万民的恩惠实在太浩大了，为万民培植了五谷食粮，生产了鱼和鸟类，来供地上的万民享用。"食客们随声附和，像回声响应一样。

鲍家的小儿子才十二岁，也在场，走上前去说："并不是像您说的那样。天地万物和我们一同生长，都是同类的东西。同类的东西没有高下贵贱之分，只是凭各自形体大小，智力高低互相制约，交相为食，并不是一者为另一者而生长的关系。人类把可吃的东西拿来吃掉，难道能说那些东西是天为人类生产的吗？况且蚊虫叮咬人的皮肤，虎狼吃肉，难道就不能说上天为蚊虫生产人来供它们叮咬，为虎狼生产了肉食来供它们吞食吗？"

一岁之麦

宓子治亶父。于是齐人攻鲁，道亶父。始，父老请曰："麦已熟矣，今迫齐寇，民人出自艾傅郭者归，可以益食，且不资寇。"三请，宓子弗听。俄而，麦毕资乎齐寇。

季孙闻之，怒，使人让宓子曰："岂不可哀哉，民乎！寒耕热耘，曾弗得食也。弗知犹可，闻或以告，而夫子弗听。"宓子蹴然曰："今年无麦，明年可树。令不耕者得获，是乐有寇也。且一岁之麦，于鲁不加强，丧之不加弱；令民有自取之心，其创必数年不息。"

贾谊《新书·审微》

【译文】

宓(fú)子受命治理亶(shàn)父县。这时，齐国人正进攻鲁国，将途经亶父。起初，一些年资深高的人向宓子请求说："麦子已经熟了，现在齐国的强盗已经迫近，还不如让民众任意出城去把沿城墙周围的麦子收割归己，这样不仅可以增加粮食储备，而且也不会让齐人抢去反而养了他们。"但再三请求，宓子都不接受。不久，麦子全部都被齐军抢去充作了军粮。

季孙知道这事后，非常气愤，派人去责备宓子说："老百姓太可怜了啊！不分寒暑地劳作耕耘，却竟然吃不上粮食。不知道该怎么办那也就算了,但听到了意见而且还向你提出了请求,你却还是不听。"宓子气得一跺脚,说:"今年没收到麦子,明年还可以种。可是让那些不耕种的人把麦子收割归己,那就无异于让那些不耕种的人希望天下总有强盗。况且一年的麦子,对于鲁国来说,不会使国力明显增强,丢掉了,也不会使国力有所削弱;而让百姓以为不劳动也可以随意去收获,那么这种观念所造成的危害必然会好多年都消除不尽。"

束蕴请火

里母相善妇,见疑盗肉,其姑去之,恨而告于里母。里母曰:"安行,今令姑呼汝。"即束蕴请火去妇之家,曰:"吾犬争肉相杀,请火治之。"姑乃直使人追去妇还之。

韩婴《韩诗外传》卷七

【译文】

乡里一位媳妇和老妈妈们关系很不错。一天,这个媳妇被怀疑偷了肉,她的婆婆把她撵走了。这媳妇便满怀怨恨地去向老妈妈诉说。一个老妈妈说:"你先走好了,我可让你的婆婆把你叫回来。"于是,老妈妈立即捆了一把乱麻,到那被撵走媳妇的家中借火,她说:"我家的狗为争抢不知哪来的肉,互相撕咬,我借个火去把它们惩罚一下。"那婆婆听后,便马上派人去追那被赶的媳妇,把她请了回来。

大贤杀鬼

南阳西郊有一亭,人不可止,止则有祸。

邑人宋大贤以正道自处,尝宿亭楼,夜坐鼓琴,不设兵仗。至夜半时,忽有鬼来登梯,与大贤语,眝目①磋齿,形貌可恶。大贤鼓琴如故。鬼乃去,于市中取死人头来,还语大贤曰:"宁可少睡耶?"因以死人头投大贤前。大贤曰:"甚

129

佳！我暮卧无枕，正欲得此。"鬼复去，良久乃还，曰："宁可
共手搏耶？"大贤曰："善！"语未竟，鬼在前，大贤便逆捉其
腰，鬼但急言死。大贤遂杀之。

明日视之，乃老狐也，自是亭舍更无妖怪。

干宝《搜神记》

【注释】

①盯（chēng）目：瞪眼。

【译文】

南阳西郊有座亭楼，人们不敢在里面休息，否则就要遭灾。

当地有个叫宋大贤的人，信守正道，不信鬼神。一天晚上他独
自住进了亭楼里，坐在那儿弹琴，也不带兵器。等到半夜的时候，忽
然见一鬼登楼上来，与大贤说话，怒目圆睁，咬牙切齿，形象十分可
憎。大贤不予理睬，仍是照旧弹琴。鬼便转身走了。不久，鬼又从
街上提来一颗死人头，对大贤说："你愿意稍微睡一下吗？"说着，便
把死人的头扔到大贤面前。大贤说："太好了，我今晚睡觉正愁没枕
头，正想得到这个东西。"那鬼没法，只得走了。过了很久，那鬼又回
来了，说："你敢用手与我搏斗吗？"大贤说："好！"话还没说完，鬼正
站在前面，大贤便突然将它拦腰抱住，然后倒提起来。鬼受不了，一
个劲儿请求快让它死。大贤便杀死了鬼。

第二天一大早再看，原来是只老狐狸。从这以后，亭楼里再也
不闹鬼了。

民始识禹

尧遭洪水，浩浩滔天，荡荡怀山，下民昏垫。禹为匹夫，
未有功名。尧深知之，使治水焉。乃凿龙门，斩荆山，导熊
耳，通鸟鼠。栉奔风，沐骤雨，面目黧黔，手足胼胝①，冠绂②
不暇取，经门不及过。使百川东注于海，西被于流沙，生人

免为鱼鳖之患。于是众人咸歌咏,始知其贤。

刘昼《刘子·知人》

【注释】

①胼胝(piánzhī):手掌、脚掌上生的茧子。

②冠缍(guà):帽子上的丝带。

【译文】

尧的时候发生了特大洪水,到处波涛汹涌,水都快淹没了山头。老百姓深受其苦,淹死的不少,禹在当时只是一个平头百姓,没有建立功名。尧帝却很了解他,派他治理洪水。于是,禹凿开龙门,劈断荆山,引水穿熊耳,疏通鸟鼠山。风里来,雨里往,他的脸面晒得黝黑,手脚磨出了老茧。他的帽带松了也忙得没工夫系;多次经过家门也没时间进去。他终于治水有功,使大小河流都东流入海,西灌沙漠。老百姓再也不必为洪水吞没而担忧。于是,大家都歌颂他,这时候才知道他是一个贤才。

蒲元识水

君性多奇思,于斜谷为诸葛亮铸刀三千口。刀成,自言汉水钝弱,不任淬:用蜀江爽烈,……乃命人于成都取江水。君以淬刀,言杂涪水,不可用。取水者捍言不杂。君以刀画水,言杂八升。取水者叩头云:“于涪津覆水,遂以涪水益之。”

《太平御览·兵部》

【译文】

蒲元为人多有奇才。他曾在斜谷为诸葛亮铸造了三千把刀。刀铸成后,他说用汉江水淬刀,刀口脆弱不锋利,不可用,又说用蜀江水淬火才可使刀刃锋利刚烈,……于是便派人到成都取蜀江水。水取回后,蒲元用来淬火,便说水里掺杂了涪江水,不可使用。取水的人却硬要说水里没有掺假,蒲元便用刀划水,说这蜀江水里掺了八升涪江水。取水的人听后,不得不跪下叩头说:"取水回来的路上,在涪江渡口把水弄泼了一些,便取了些涪江水来补充。"

乘　隙

濠州定远县一弓手善用矛,远近皆伏其能。有一偷亦善击刺,常蔑视官军,唯与此弓手不相下,曰:"见必与之决生死。"

一日,弓手者因事至村步,适值偷在市饮酒,势不可避,遂曳矛而斗。观者如堵墙。久之,各未能进,弓手者忽谓偷曰:"尉至矣,我与尔皆健者,汝敢与我尉马前决生死乎?"

偷曰:"诺!"弓手应声刺之,一举而毙。盖乘其隙也。

沈括《梦溪笔谈·权智》

【译文】

濠州定远县,有一个弓箭手很会使用戈矛,远近的人都很佩服他的本领。有一个小偷也长于耍枪舞棒,常常连官府的军队也不放在眼里,唯有这弓箭手才算得上是他的对手。于是,他说:"若见到这位弓箭手,一定要与他决一死战。"

一天,弓箭手有事来到村子里,正碰上小偷在市场上喝酒。弓箭手想回避也回避不了,于是两人拖刀曳矛地斗打起来,围观的人像堵墙,将他们围得水泄不通。打了很久,谁也战胜不了谁。这时,弓箭手忽然对小偷说:"武官来了,我和你都是身强力壮的人,你敢和我在武官面前决一生死吗?"

小偷说:"好!"弓箭手就应声向他刺去,一下子把他刺死了。这是他乘机钻了小偷的空子啊!

小儿不畏虎

忠、万、云安多虎。有妇人昼日置二小儿沙上而浣衣于水者。虎自山上驰来，妇人仓皇沉水避之，二小儿戏沙上自若。虎熟视久之，至以首抵触，庶几其一惧；而儿痴，竟不知怪，虎亦卒去。

意虎之食人，必先被之以威，而不惧之人，威无所从施欤！

苏轼《东坡全集·书孟德传后》

【译文】

四川的忠、万、云安等地有很多老虎。有一个妇人，白天将两个孩子放在沙滩上玩耍，而自己则去水边洗衣裳。老虎突然从山上跑了下来，妇人慌慌张张地跳进水里去躲避，但两个小孩仍然在沙滩上戏玩，像没事一样。老虎在小孩跟前仔细观察了很长时间，甚至还用头去接触他们，大概是想让他们害怕，哪知小孩不懂事，竟也不知惊吓，老虎最后也就只好走开了。

想那老虎吃人，一定要对人施以威风，但如果碰上不害怕它的人，它的威风也就无从施加了。

丘浚打和尚

丘浚尝在杭州谒释珊，见之殊傲。顷之，有州将子弟来谒，珊降阶接之，甚恭。丘不能平，伺子弟退，乃问珊曰："和尚接浚甚傲，而接州将子弟乃尔恭耶？"珊曰："接是不接，不接是接。"浚勃然起，杖珊数下曰："和尚莫怪，打是不打，不打是打。"

沈俶《谐史》

【译文】

丘浚在杭州时曾经拜访过一个叫珊的和尚，和尚对他很傲慢。一会儿，杭州一个武将的儿子来访，和尚很谦恭地走下台阶去迎接他。丘浚见了，心里忿忿不平。等到武官的儿子走后，丘浚便问和尚："你这个和尚接待我十分傲慢,但接待武官的儿子为什么如此恭敬?"和尚答道:"迎接其实是不迎接,不迎接其实是迎接。"丘浚听后勃然大怒,起来用手杖揍了和尚几下,说:"和尚莫见怪,打其实是不打,不打其实是打。"

赵人患鼠

赵人患鼠,乞猫于中山,中山人予之。猫善扑鼠及鸡。月余,鼠尽而其鸡亦尽。其子患之,告其父曰:"盍^①去诸?"其父曰:"是非若所知也。吾之患在鼠,不在乎无鸡。夫有鼠,则窃吾食,毁吾衣,穿吾垣墉^②,坏伤吾器用,吾将饥寒焉。不病于无鸡乎,无鸡者,弗食鸡则已耳,去饥寒犹远;若之何而去夫猫也!"

刘基《郁离子·捕鼠》

【注释】

①盍(hé):何不。

②垣墉(yuányōng):墙。

【译文】

赵国有个人家中鼠多成灾,他就到中山国向人要了一只猫。这只猫喜欢捕食老鼠和鸡。一个多月后,老鼠被猫吃光了,可同时他家的鸡也被吃光了。他儿子为猫吃鸡而苦恼,对父亲说:"为什么不把猫赶走?"父亲回答说:"这你就有所不知了。我所烦恼的是鼠多成灾,并不在乎有没有鸡。如果老鼠成灾,就偷吃我的粮食,撕咬我的衣服,在我家墙上打洞做窝,还毁坏我的日用器具,这样我们就会被它们搞得挨饿受冻了。我不担心没有鸡,没有鸡只是吃不成鸡肉而已,离挨饿受冻远着呢!我为什么要把猫赶走呢?"

解铃系铃

　　金陵清凉寺泰钦法灯禅师在众日,性豪逸,不事事。众易之,法眼独器重。眼一日问众:"虎项金铃,是谁解得?"众无对。师适至,眼举前语问,师曰:"系者解得。"眼曰:"汝辈轻渠不得!"

瞿汝稷《指月录》

【译文】

　　金陵清凉寺泰钦法灯禅师还是个普通和尚时,性情豪爽飘逸,一副无所事事的样子。众人都看不起他,只有法眼禅师器重他。一天,法眼考问大家:"老虎脖子上系了个金铃铛,有谁能把它解下来?"大家都回答不上来。法灯刚好这时走过来,法眼于是又用刚才的问题问他,法灯回答说:"系铃者可以解开!"法眼于是对大家说:"你们这些人绝不可轻视他!"

国　　宝

　　齐宣王与魏惠王会田于郊,魏王曰:"亦有宝乎?"

　　齐王曰:"无有。"

　　魏王曰:"若寡人之小国也,尚有径寸之珠,照车前后十二乘者十枚,奈何以万乘之国无宝乎?"

　　齐王曰:"寡人之所以为宝与王异。吾臣有檀子者,使之守南城,则楚人不敢为寇,泗水上有二十诸侯皆来朝;吾臣有盼子者,使之守高唐,则赵人不敢东渔于河;吾臣有黔夫者,使之守徐州,则燕人祭北门,赵人祭西门,从而归之者十千余家;吾臣有种首者,使之备盗贼,而道不拾遗。吾将以照千里之外，岂特十二乘哉！"魏王惭，不怿而去。

韩婴《韩诗外传》

【译文】

齐宣王与魏惠王在郊外一起打猎，魏王问："你也有珍宝吗？"

齐王说："没有。"

魏王说："像我们这样一个小国，还有直径一寸的珍珠，光辉能照亮前后十二乘车的宝珠也有十颗，像你们那样拥有兵车万乘的大国怎么会没有珍宝呢？"

齐王说："我所看重的珍宝与你有所不同。我有个臣子叫檀子，派他去守南城，楚国人则不敢来骚扰，泗水一带的十二个诸侯国都来朝拜；我有个臣子叫盼，派他去守高唐，赵国人则不敢在河东捕鱼；我有个臣子叫黔夫，派他去守徐州，则有燕国人从北门来，赵国从西门来，归顺来的有一万多家；我有个臣子叫种首，派他去防备盗贼，人们则路不拾遗。我有他们，就像拥有珍宝一样，能照亮千里之外，岂只照亮十二乘！"魏王听了很惭愧，不高兴地走了。

张子委制

有医䜣者，秦之良医也。为宣王割痤，为惠王治痔，皆愈。张子之背肿，命䜣治之，谓䜣曰："背非吾背也，任子制焉。"治之遂愈。䜣诚善治疾也，张子委制焉。夫身与国，亦犹此也。必有所委制，然后治矣。

《尸子》

【译文】

有个名叫䜣的医生，是秦国医术高超的名医。他为齐宣王割痤疮，为秦惠王治痔疮，都治好了他们的病。张子的背部生疗发肿，也让䜣来医治。张子对䜣说："这背你只当不是我的背，任凭你怎么治疗都行。"经过治疗，背肿消失了。䜣固然是治病的高手，但张子放心地让他大胆施治,也是使治疗成功的一个重要因素。其实治身和治国是同样的道理。必须十分地相信别人,把某些权力放心地交给别人,才能把国家治理好。

谐文趣心

愚人痴妄

畏影恶迹者

人有畏影恶迹而去之走者,举足愈数而迹愈多,走愈疾而影不离身,自以为尚迟,疾走不休,绝力而死。不知处阴之休影,处静以息迹,愚亦甚矣!

《庄子·渔父》

【译文】

有个人害怕自己的影子,厌恶自己的足迹老想奔跑着摆脱它,他腿迈得越快而足迹越多,步子迈得越大而影子越是紧紧相随,寸步不离,这个人自以为跑得还不够快,不停地飞快奔跑,结果心力用绝而死。不知道到阴处让影子自行消亡,也不知停下自己的脚步就可以不再出现足迹,这真是太愚蠢了!

浴　矢

燕人李季好远出。其妻私有通于士,季突至,士在内中,妻患之。其室妇曰:"令公子裸而解发,直出门,吾属佯不见也。"于是公子从其计,疾走出门。

季曰:"是何人也?"

家室皆曰:"无有。"

季曰:"吾见鬼乎?"

妇人曰:"然。"

"为之奈何?"

曰:"取五牲之矢浴之。"

季曰："诺。"乃浴以矢。

《韩非子·内储说下》

【译文】

　　燕国的李季好出远门。他的妻子和一个男人在家里私通,李季有一天突然从外面回家,他的妻子刚好又在和人通奸,那个男人还在屋里,他的妻子担心会被李季发觉。他家的女佣人说:"让那位公子哥光着身子、披散着头发,直冲出门,我们假装看不见就行了。"那个男子就按照女佣的计策,赤身裸体,披头散发地冲出门去。

　　李季说:"这个冲出去的是什么人?"

　　李季屋里人都说:"没有看见什么人。"

　　李季说:"我看见鬼了吗?"

　　他妻子说:"我想是这样的。"

　　"那可怎么办呢?"

　　他妻子又说:"弄些牛、羊、猪、鸡、狗的粪便来擦洗身子。"

　　李季说:"好吧。"于是就把牲畜的粪便涂了一身,想以此来避邪。

秦伯嫁女

　　昔秦伯嫁其女于晋公子,令晋为之饰装,从衣文之媵^①七十人,至晋,晋人爱其妾而贱公女。此可谓善嫁妾,而未可谓善嫁女也。

《韩非子·外储说左上》

【注释】

　　①媵(yìng):诸侯女儿出嫁时随嫁的人。

【译文】

　　秦国的国君把女儿嫁给晋国的公子,出嫁时给女儿置办嫁妆,修饰打扮,陪嫁的小妾七十人,个个穿着华丽的衣裳。到晋国后,晋

国的公子喜爱那些陪嫁的小妾而瞧不起秦国国君的女儿。这样的
做法可以说是很会嫁使女而不会嫁女儿。

涓蜀梁

夏首之南有人焉，曰涓蜀梁。其为人也，愚而善畏。

明月而宵行，俯见其影，以为伏鬼也；仰视其发，以为立
魅也；背而走，比至其家，失气而死。

《荀子·解蔽》

【译文】

夏首的南边有一个人，名叫涓蜀梁。他生性愚笨而又胆小。

一天晚上，他趁着明亮的月光出门，低头看见了自己的影子，以
为是个趴在地上的鬼怪；抬头看见自己的头发，以为是个站着的妖
怪。他吓得转身就跑，等到跑回家中，就断气而死了。

燕石藏珍

宋之愚人得燕石梧台之东，归而藏之，以为大宝。周客
闻而观之。主人父斋七日，端冕之衣，衅以特牲，革匮十重，
缇巾十袭。客见之，俯而掩口，卢胡①而笑曰："此燕石也，与
瓦甓②不殊。"主人父怒曰："商贾之言，竖匠之心！"藏之愈
固，守之弥谨。

《阙子》

【注释】

①卢胡：指笑声发于喉间。

②甓（pì）：砖。

【译文】

宋国有个愚蠢的人在梧台东面拾到一块燕山的石头,把它拿回家藏了起来,以为是块珍宝。内地客商听说后前去观看。这家主人斋戒七天,把衣帽穿戴整齐,然后杀了牛用血涂上以示祭祀,并用一套十层的皮匣子和十条丝绸巾来包装那块燕石。客商见了,捂着嘴弯着腰,笑得喘不上气来,说:"这是块普通的燕石,与砖瓦没有两样。"这家主人气愤地说:"你这是奸商之言,小人的肚肠,一定别有用心!"于是把那块燕石收藏得更加牢靠,守护得更加谨慎小心。

回生之术

鲁人有公孙绰者,告人曰:"我能起死人。"人问其故,对曰:"我固能治偏枯,今吾倍所以为偏枯之药,则可以起死人矣。"

《吕氏春秋·似顺论·别类》

【译文】

鲁国有个叫公孙绰的人,告诉别人说:"我能使死人复活。"别人问他其中的缘故,他回答说:"我本来就能治偏瘫,现在我把治偏瘫的药多加一倍,就可以使人起死回生了。"

引婴投江

有过于江上者,见人方引婴儿而欲投之江中,婴儿啼。人问其故,曰:"此其父善游。"

《吕氏春秋·慎大览·察今》

【译文】

有个人从江边经过,看见一个人正牵着个小孩想把他扔到江里去,小孩放声大哭。于是他就问那个人为什么要这么干,那个人回答说:"这孩子的父亲擅长游泳。"

得遗契者

宋有人游于道,得人遗契者,归而藏之,密数其齿,告邻人曰:"吾富可待矣!"

《列子·说符》

【译文】

有个宋国人在路上行走时,捡到一张别人遗失的符契,回家后把它收藏起来,暗中数符契上刻的齿有多少,告诉他的邻居说:"我不久就要发富了。"

田夫献曝

昔者宋国有田夫,常衣缊黂①,仅以过冬;暨春东作,自曝于日,不知天下之有广厦隩②室,绵纩③狐貉,顾谓其妻曰:"负日之暄,人莫知者,以献吾君,将有重赏。"

《列子·杨朱》

【注释】

①缊黂(yūnfén):以粗麻为絮的衣服。
②隩(ào):温暖,热。
③绵纩(kuàng):丝绵。

【译文】

从前宋国有个农夫,常年穿的都是乱麻絮做成的衣服,好不容易熬过冬天;已到入春耕种的日子,就跑到太阳底下去晒太阳,不晓得天底下还有高楼大厦温房暖室,更不知丝绵皮衣为何物,就对他的妻子说:"晒太阳的暖和劲儿,别人肯定还不知道,如果把这种取暖的方法献给国君,那将会获得重赏的。"

为盗有道

齐之国氏大富,宋之向氏大贫,自宋之齐请其术。

国氏告之曰:"吾善为盗。始吾为盗也,一年而给,二年而足,三年大壤。自此以往,施及州闾。"

向氏大喜。喻其为盗之言,而不喻其为盗之道。遂踰垣凿室,手目所及,亡不探也。未及时,以赃获罪,没其先居之财。

向氏以国氏之谬己也,往而怨之。

国氏曰:"若为盗若何?"

向氏言其状。国氏曰:"嘻!若失为盗之道至此乎?今将告若矣:吾闻天有时,地有利。吾盗天地之时利,云雨之滂润,山泽之产育,以生吾禾,殖吾稼,筑吾垣,建吾舍。陆盗禽兽,水盗鱼鳖,亡非盗也。夫禾稼、土木、禽兽、鱼鳖,皆天之所生,岂吾之所有?然吾盗天而亡殃。夫金玉、珍宝、谷帛、财货,人之所聚,岂天之所与?若盗之而获罪,孰怨哉?"

《列子·天瑞》

【译文】

齐国的国氏非常富有,宋国的向氏却十分贫穷,向氏跑到齐国去向国氏请教致富的门道。

国氏告诉向氏说:"我很会偷窃。我开始偷窃时,一年便能自己养活自己了,二年便自给自足,三年就非常富裕了。从此以后,我家里积聚的钱财很多,常常接济周围的邻居。"

向氏听了这番话非常高兴,记住了国氏所说的偷窃的词句,但并没有明白国氏所说的偷窃的道理。回去后便翻墙打洞,凡是看到的和手够得着的，什么东西都偷走。没过多久，向氏便因为偷窃财物而被抓住治罪，连他祖先留下的那一点产业也都没收充公了。

向氏认为国氏欺骗了自己，便到齐国的国氏那里去发泄怨气。

国氏问向氏说："你是怎样偷窃的？"

向氏便把自己如何翻墙打洞的情况讲了一遍。国氏叹了口气说："哎，难怪的，你怎么这样不懂偷窃的道理？现在我告诉你好了：我听说天有四时，地有物产。我所偷窃的正是天道运行的时序和大地出产的万物，云雨可以降水滋润，山川可以产木育鱼，我就利用它们来使禾苗生长，五谷丰盛，筑起我的院子，修成我的房屋。我在陆地上偷窃到禽兽，在水中偷窃到鱼鳖，可以说无所不偷。禾苗庄稼、泥土树木、飞禽走兽、鱼虾龟鳖，原本都是天地所生产的，哪一样原来属于我呢？但是我从天地间偷窃来并没有什么灾祸。金银宝石、谷帛钱财这些东西却不同，它们都是人们劳动积聚来的，难道能说成天地赐予不成？你偷窃这些东西而被治罪，能怨谁呢？"

夜郎自大

滇王与汉使者言曰："汉孰与我大？"及夜郎侯亦然。以道不通故，各自以为一州主，不知汉广大。

司马迁《史记·西南夷列传》

【译文】

滇王和汉朝派遣的使者交谈时说："汉朝与滇国相比，哪一个大？"到夜郎侯与汉朝使者交谈时，夜郎侯也这么问。由于交通闭塞的缘故，滇王和夜郎侯各自认为自己国家是很大的，却不知道汉朝更大。

追女失妻

赵简子举兵而攻齐，令军中有敢谏者罪至死。被甲之士,名曰公卢,望见简子大笑。简子曰:"子何笑?"

对曰:"臣有夙笑。"

简子曰:"有以解之则可,无以解之则死。"

对曰:"当桑之时,臣邻家夫与妻俱之田,见桑中女,因往追之,不能得,还返,其妻怒而去之,臣笑其旷也。"

简子曰:"今吾伐国失国,是吾旷也。"

于是罢师而归。

刘向《说苑·正谏》

【译文】

赵简子发动军队去攻打齐国,命令军中官兵说,如果有谁敢出来劝阻,我要处他死罪。军中有一名身披铠甲的战士,名叫公卢,他看见赵简子就大笑起来。赵简子问他:"你为什么笑?"

公卢回答说:"我本来一向就爱笑。"

简子说:"你能够解释你为何而笑,我就饶了你;解释不清楚,我就叫你死。"

公卢说:"正是采桑的时节,我的邻居家中的夫妻二人一起到桑田去了。丈夫见桑田中有个姑娘,于是跑去追逐她,最后没追到,回到家里,他的妻子很生气,一怒之下就走了。我是笑这个丈夫最后成了一个没有女人的人。"

简子说:"现在我去攻打别的国家,又要失去自己的国家,那么我最后将什么也没有了!"

于是,简子发令停止出兵,回到了原地。

司原猎豕

昔有司原氏者,燎猎中野。鹿斯东奔,司原纵噪之。西方之众者逐豨者,闻司原之噪也,竞举音而和之。

司原闻音之众,则反辍己之逐而往伏焉。遇夫浴垩之豨，司原喜，而自以获白瑞珍禽也。尽刍豢①、单困仓以养之。豕俛仰嚘咿③，为作容声，司原益珍之。

居无何，烈风兴而泽雨作，灌巨豕而壄涂渝，豕骇惧，真声出，乃知是家之艾猳②尔。

此随声逐响之过也！

王符《潜夫论·贤难》

【注释】

①刍(chú)豢：此指喂牲口的粮草。

②嚘咿(yōu yī)：屈曲佞媚之貌。一说指动物啼叫。

③猳(jiā)：公猪。

【译文】

从前，有个叫司原氏的人，在田野里燃火打猎。有一只鹿向东边跑去，司原便追逐着喧叫起来。

在西边，有一群人正在追逐一头猪。听见司原的叫闹声，都争着发出叫喊声与司原配合。

司原听见有这么多人喊叫，他自己反倒停止了追赶，而到众人叫喊的地方埋伏起来，正好捕到了一只曾在白土里滚过的猪，司原很高兴，以为自己获得了一只白色吉祥的珍贵野兽。于是，用尽仓库里的粮草喂养它。猪常向他俯仰屈曲，发出一种讨好主人的声音，司原更是珍爱它。

过了不久，狂风大作，暴雨突来，雨水把猪身上的白土冲洗掉了，那头因白土改变了形象的猪十分惊恐，发出了猪的真叫声，司原这才知道它是自家的大公猪。

这就是随声逐响造成的过错啊！

截竿入城

鲁有执长竿入城门者，初竖执之，不可入；横执之，亦不可入,计无所出。

俄有老公至,曰:"吾非圣人,但见事多矣。何不以锯中截而入?"遂依而截之。

邯郸淳《笑林》

【译文】

鲁国有一个拿着长竹竿进城门的人,开始,他竖拿着竹竿,被城门挡住进不去;又把长竿横拿着,还是被挡着进不去。最后,他再也想不出进城的法子了。

一会儿,有一个老头来了,说:"我不是圣人,但是见的事情还是很多的。你为什么不把长竹竿从中锯断分成两截再进去呢?"那人便按老头所说的,把竹竿截成了两段。

与狐谋皮

周人有爱裘而好珍羞,欲为千金之裘而与狐谋其皮,欲具少牢之珍而与羊谋其羞。言未卒,狐相率逃于重丘之下,羊相呼藏于深林之中。

苻朗《苻子》

【译文】

周朝有个人爱穿皮衣,爱吃美食。他曾想缝制一件价值千金的皮衣,便与狐狸商量,希望取它的皮;又想杀一只羊以作祭祀的牺牲品,便去与羊商量取它的肉。话还没说完,狐狸都一个个地逃到深山里去了,羊也一个个地跑进密林之中了。

车翻豆复

隋时有一痴人,车载乌豆入京巿①之。至灞头,车翻,复豆于水,便弃而归,欲唤家人入水取。去后,灞店上人竞取将去,无复遗余。比回,唯有科斗虫数千,相随游泳。其人谓仍是本豆,欲入水取之。科斗知人欲至,一时惊散。怪叹良久,曰:"乌豆,从你不识我,而背我走去;可畏我不识你,而一时着尾子!"

侯白《启颜录》

【注释】

①粜(tiào):卖。

【译文】

  隋朝时有一个傻子,用车拉着乌豆到京城去卖。走到灞头,车子翻了,乌豆也全泼进了水中。那傻子便丢了车子,回到家中,打算喊家里人到水里捞乌豆。哪知傻子走后,灞头上的人已到水里把乌豆抢着捞走了,没有剩下一颗。等到傻子跑回来时,水里只有数千只蝌蚪相互跟随着游动,傻子以为是乌豆,准备下水捞取。蝌蚪知道有人要来,一时间被惊得四散。傻子感到很奇怪,感叹了半天,说:"乌豆啊,纵然你装着不认识我,背着我跑走了;即使你很快长了尾巴,就不怕我仍认识你吗!"

杯弓蛇影

  (乐广)尝有亲客,久阔不复来,广问其故,答曰:"前在坐,蒙赐酒,方欲饮,见杯中有蛇,意甚恶之,既饮而疾。"

  于时,河南听事壁上有角,漆画作蛇,广意杯中蛇即角影也。复置酒于前处,谓客曰:"酒中复有所见不?"答曰:"所见如初。"广乃告其所以。客豁然意解,沉疴顿愈。

房玄龄《晋书·乐广传》

【译文】

  乐广曾有一位感情极好的朋友,分别后很长时间没有再来。乐广便问他为什么长时间没来,朋友回答说:"前次在你这儿做客,承蒙你设酒款待。我正准备喝酒时,看见杯中有条蛇,当时就觉得非常恶心。喝下去后,我就得病了。"

当时,乐广在河南的官署的墙壁上挂着一支弓,那弓上用油漆画了一条蛇。乐广猜想朋友所说的杯中蛇,可能就是那支弓的影子。于是,乐广又在原来的地方摆上了酒,然后问朋友说:"你在酒杯里又看见了什么吗?"朋友回答说:"和上次见到的完全一样。"乐广便把杯中有蛇影的原因告诉了他。朋友明白了杯中蛇影是墙上画弓的倒影后,心里豁然开朗,大病一下子就好了。

猴子救月

过去世时,有城名波罗奈,国名伽尸。于空闲处有五百猕猴,游行林中。到一尼俱律树下,树下有井。井中有月影现时,猕猴主见是月影,语诸伴言:"月今日死落井中,当共出之,莫令世间长夜暗冥。"共作计议言云:"何能出?"猕猴主言:"我知出法:我捉树枝,汝捉我尾,展转相连,乃可出之。"时诸猕猴即如主言,展转相捉。小未至水,连猕猴重,树弱枝折,一切猕猴堕井水中。尔时树神便说偈①言:

是等骏榛②兽,痴众共相随,

坐自生苦恼,何能救出月?

《法苑珠林·愚慧篇》

【注释】

①偈(jì):佛经中的唱词。

②骏榛(áizhēn):愚蠢。

【译文】

在过去的世界,有一座城市名叫波罗奈(nài),属于伽尸国。在人烟稀少的地方住着五百只猕猴,它们常常游玩、行走于树林之中。

一天,它们来到了一棵尼俱律树下,见树下有口井,井中有月影摇晃。猕猴王见了这月影,便对它的同伴们说:"月亮死了,并掉进了井里,我们应该齐心协力把它救出来,免得世界上夜晚总是黑沉沉的。"猕猴们共同商量说:"怎样才能救出月亮呢?"猕猴王说:"我有个救出月亮的办法:我抓住树枝,你们抓住我的尾巴,一个连接一个,就可捞起月亮。"当时,猕猴们便按照猕猴王所说的做了起来,一个抓住一个连成了一串。底下的刚要接近水面时,连接在一起的猕猴太重,而树枝弱小,一下就断了,所有的猕猴都掉进了井水之中。这时,树神便说了一串偈语:

> 这是一群愚笨的野兽,
> 痴痴呆呆共相追随,
> 只是无故地自生烦恼,
> 怎么能从水中救出月亮?

悲挚兽

汇泽之场,农夫持弓矢,行其稼穑之侧。有苕,倾为农夫息其傍。未及,苕花纷然,不吹而飞,若有物娭①。视之,虎也,跳踉哮𪁪②。视其状,若有所获负,不胜其喜之态也。农夫谓虎见己,将遇食而喜者,乃挺矢匿形,伺其重娭。发贯其腋,雷然而踣③。及视之,枕死麇④而毙矣。

皮日休《杂著》

【注释】

①娭(xī):同"嬉",嬉戏。

②哮𪁪(hǎn):老虎怒吼。

③踣(bó):向前倒下。

④麇(jūn):獐子。

【译文】

在一片沼泽地上，一个农夫手拿弓箭在庄稼地里巡视。不久，他来到一块芦苇地边休息。他不曾碰着芦花，但看见芦花无风吹动而纷纷飞舞起来，好像有什么东西在芦苇丛中嬉闹。农夫放眼仔细一望，发现是只老虎在那里跳跃、吼叫。看它那样子，像是捕到什么东西似的，显出非常高兴的样子。农夫以为它发现了自己，为找到食物而高兴。于是，农夫拔出弓箭，隐蔽起身子，趁它再次高兴、嬉闹时，一箭射了去，射中了老虎的胸腋，只听得炸雷一般的轰响，老虎仆倒在地上了。农夫跑去一看，那只老虎枕在一只死獐子的身上死了。

猩　猩

猩猩在山谷，行常数百为群。里人以酒并糟设于路侧。又爱著屐。里人织草为屐，更相连结。猩猩见酒及屐，知里人设张，则知张者祖先姓字，及呼名骂云："奴欲张我，舍尔而去。"复自再三，相谓曰："试共尝酒。"及饮其味，逮乎醉，因取屐而著之，乃为人之所擒，皆获，辄无遗者。

《唐文粹·猩猩铭·序》

【译文】

猩猩在山谷之中，常常是数百只成群结队地行动。乡里人把酒和酒糟摆在路旁；猩猩又喜欢穿鞋子，乡里人便用草编织草鞋，又将鞋子一只只地连结起来。猩猩见到酒和草鞋，知道这是乡里人为捕捉它们而设的诱饵。猩猩知道摆设酒及草鞋的人的祖先姓名，便指姓呼名地骂道："你这个贱东西想抓我们，我们是不会沾你这些东西的边的。"这样反复了几次后，猩猩们互相说道："我们试着一起去尝尝酒吧。"等到尝到酒味后，就控制不住了，一直喝到大醉，又拿起草鞋穿在脚上，于是很快被人擒捉，没有一个逃脱的。

乘　凉

郑人有逃暑于孤林之下者,日流影移,而徙衽以从荫。及至暮反席于树下,及月流影移,复徙衽以从阴,而患露之濡于身,其阴逾去,而其身逾湿。是巧于用昼而拙于用夕矣。

《太平御览·人事部》

【译文】

郑国有个人为了避暑,便到一棵树下纳凉。随着太阳的转动,树影也在不停地移动。这个郑国人也便随着树影的移动不断地挪动凉席。到了傍晚时分,他又把凉席铺在树下。等到月亮出来的时候,树影又随着月光的移动而移动,这个郑国人便又不停地移动凉席,以追随树影,因为他担心露水沾湿了身子。但是,月亮不断上升,树影离树也越来越远,而他的身上也越来越湿了。这样,白天纳凉用的办法,可以说是很灵巧的;但晚上用白天的办法来纳凉,就十分笨拙了。

乌　戒

乌于禽甚黠,伺人音色小异,辄去不留,非弹射所能得也。关中民狙①乌黠,以为物无不以其黠见得,则之野,设饼食楮②钱哭冢间,若祭者然。哭竟,裂钱弃饼而去。乌则争下啄,啄且尽,哭者已立他冢,裂钱弃饼如初。乌虽黠,不疑其诱也,益鸣搏争食。至三四,皆飞从之,益狎。迫于网,因举而获焉。

今夫世之人,自谓智足以周身,而不知祸藏于所伏者,几何其不见卖于哭者哉！

晁补之《鸡肋集》

【注释】

①狃(niǔ)：习惯。此谓熟悉。

②楮(chǔ)：纸币。

【译文】

在禽鸟类中，乌鸦算是最狡诈的，一遇到人的声音和脸色稍有变化，它就马上飞走了，不再停留。人如果不用弹子射它，是不能捕到它的。关中的百姓对乌鸦狡猾的特性很了解，用来捕捉乌鸦的器具无不是针对乌鸦狡猾的特点来制作的。人们来到野外，在坟堆前摆上面饼纸钱，并伤心地痛哭着，一切都像祭奠亡人一样。哭完后，撕裂纸钱、弃置面饼而去。这时，乌鸦便飞下来争着啄食面饼。等到它们快抢食完的时候，那哭坟的人又已经站到了另一座坟前，撕钱丢饼，仍如先前一样。乌鸦虽然狡猾，但不怀疑这是一场骗局，越发鸣叫着争抢食物。至第三四次以后，人到哪里，乌鸦就都飞着跟到哪里，与人越来越亲近，等到接近罗网，人们便一举将它们捕获了。

如今世上有些人，自以为有了点小聪明，就足以能全身避祸，而完全不知灾祸常就潜藏在他们所仗恃的聪明里，这样，又有几个人能不像乌鸦那样最后遭哭坟人的暗算呢？

肉　　智

艾子之邻，皆齐之鄙人也。

闻一人相谓曰："吾与齐之公卿皆人而禀三才之灵者，何彼有智，而我无智？"

一曰："彼日食肉，所以有智，我平日食粗粝，故少智也。"

其问者曰:"吾适有枲粟钱数千,姑与汝日食肉试之。"

数日,复又闻彼二人相谓曰:"吾自食肉后,心识明达,触事有智,不徒有智,又能穷理。"

其一曰:"吾观人足面前出甚便,若后出,岂不为继来者所践?"

其一曰:"吾亦见人鼻窍向下甚利,若向上,岂不为天雨注之乎?"

二人相称其智,艾子叹曰:"肉食者其智若此!"

《艾子杂说》

【译文】

艾子的邻居,都是齐国的粗鄙之人。

一天,艾子听见一人对另一人说:"我们和齐国的达官贵人都是禀受了天、地、人三才之灵智的人,为什么他们聪明,而我们就没有智慧呢?"

另一个人说:"他们每天吃肉,所以聪明;我们平时吃的是粗粮,所以缺少智慧。"

那个问话的人说:"我刚卖了粮食,值几千文钱,姑且给你们每天买肉吃,试试看。"

几天后,又听到那两个人对话说:"我自吃肉以后,心志通达,遇事聪明多了。不仅聪明,而且还能尽知其中的道理。"

一个人说:"我看人的脚向前伸出非常方便,如果向后伸,那岂不要给后边的人踩着吗?"

又有一个人说:"我也发现人的鼻孔朝下很适当。如果鼻孔朝上,那岂不是要被天上降下的雨灌进去吗?"

于是,两个人便相互称赞起他们的才智来。艾子听后,感叹地说:"吃肉的人的智慧,原来是这样的啊!"

溺器盛酒

楚邱有士,其博物不下魏人。一日,获器象马形,鬣^①尾皆具,而窍其背,询之远近,咸无识者。

一士独曰:"古有牺尊,有象尊。是尊,类牺象者也,其殆马尊欤?"

士大喜,椟而藏之,遇享尊客,辄出以盛酒浆。

仇山人偶过焉,复愕曰:"子胡得乃尔,是溺器也!贵嫔家所谓兽子者也!"

士益惭,亦弃之弗顾。

宋濂《龙门子凝道记·尉迟枢》

【注释】

①鬣(liè):兽颈上的毛。

【译文】

楚邱有个读书人,他收藏的古董不比魏国人的少。一天,他搜集到一只形象如马、脖子上的毛和尾巴都齐全,但背上却有个窟窿的物件,询问附近所有的人,都没有认识的。

只有一个读书人自作聪明地说:"古代有牛形的牺尊,有象形的象尊,这只器具同那两种杯子相类似,它大概是马尊吧?"

那个读书人非常高兴,专门做了个小木盒把它收藏好。每当他款待尊贵客人的时候,就拿出这只器具装酒。

有个仇山人偶然路过此地,见楚邱人拿这东西盛酒,非常惊愕地说::"你怎么能拿这东西装酒,它是尿壶啊!有钱人家的妇人把它叫作兽子!"

读书人听了觉得很惭愧,把这个尿壶丢到一边再也不去理它。

竖排标题栏：潜文趣心

孔雀爱尾

孔雀雄者毛尾金翠，殊非设色者仿佛也。性故妒，虽驯久，见童男女着锦绮，必趁啄之。山栖时，先择处贮尾，然后置身。天雨尾湿，罗者且至，犹珍顾不复骞举，卒为所擒。

耿定向《权子》

【译文】

雄孔雀尾巴上的羽毛金光闪亮，五彩缤纷，不是专门画画的人所能描摹仿效的。孔雀生性喜欢嫉妒，虽然驯养很久，看到少男少女穿着色彩艳丽的衣服，就一定追赶上去啄他们。它们在山上栖息时，先选择好地方藏好尾巴，然后才藏身。天下大雨，雄孔雀尾巴被淋湿了，捕鸟的人就要到了，可是孔雀还在怜惜自己美丽的尾巴不愿展翅高飞，终于被人抓住了。

申明亭

两乡人至县前，见"申明亭"。"申"字，一曰："由字。"一曰："甲字。"傍一人曰："你多一头，他多一脚，看来还是田字。"

《精选雅笑》

【译文】

两个乡下人来到县城门前，见到"申明亭"上的"申"字，其中一个说："这字读'由'。"另一个说："这字念'甲'。"站旁边的一个人说："你多了一个头，他多了一只脚，看来还是个'田'字。"

蠹　鱼

　　蠹鱼蚀书满腹,庞然自大,以为我天下饱学之士也。遂昂头天外,有不可一世之想。出外游行,遇蜣螂①,蜣螂欺之;遇蝇虎,蝇虎侮之。蠹鱼忿急,问人曰:"我满腹《诗》、《书》,自命为天下通儒,何侮我者之多也?"人笑之曰:"子虽自命为满腹《诗》、《书》,奈皆食而不化者,虽多何用?"

吴沃尧《俏皮话》

【注释】

　　①蜣螂(qiānglánɡ):一种虫子。

【译文】

　　书虫满肚子吃的都是书,庞然自大,以为自己就是天下学问渊博的读书人了。于是便昂首天外,大有不可一世的意思。它外出游历,遇到屎壳郎,屎壳郎欺负它;遇到蝇虎,蝇虎亦欺侮它。书虫又气愤又急切,问人道:"我满肚子都是《诗经》、《尚书》,以天下通儒自命,为什么还有这么多人欺负我?"人嘲笑它说:"你虽然自认为满肚子是学问,怎奈你都是食而不化,虽然有很多学问,那又有什么用呢?"

冥顽异状

於陵仲子

　　仲子,齐之世家也;兄戴,蓋禄万钟,以兄之禄为不义之禄而不食也,以兄之室为不义之室而不居也,辟兄离母,处于於陵。他日归,则有馈其兄生鹅者,己频顣曰:"恶用是鶂①鶂者为哉?"他日,其母杀是鹅也,与之食之。其兄自外至,曰:"是鶂鶂之肉也。"出而哇之。以母则不食,以妻则食之;以兄之室则弗居,以於陵则居之,是尚为能充其类也乎?若仲子者,蚓而后充其操者也。

《孟子·滕文公下》

【注释】

　　①鶂(yì):鹅鸣声,亦借指鹅。

【译文】

　　仲子,本是齐国的世家子弟;他的哥哥陈戴,在蓋那地方受用的俸禄就有万钟,他认为他哥哥的俸禄是不义之食,不肯吃哥哥的俸粮,认为他哥哥的房屋是不义之室而不肯住,他躲开他的哥哥,远离了自己的母亲,一个人住在於陵。有一天他从於陵回家,正巧碰到有个人送给他哥哥鹅,他皱着眉头说:"要这种哦哦乱叫的东西干什么?"过了几天,他母亲把那只鹅杀了,端给他吃了。他哥哥从外面回来,对他说:"你刚才吃的是哦哦乱叫的那种东西的肉。"他便跑出去把吃的鹅肉呕了出来。这个陈仲子,因为是他母亲做的食物就不吃,是他妻子做的东西才吃;因为是他哥哥的房子他就不住,是在於陵的房子他就肯住,这能称得上是廉洁操守的典型吗?像陈仲子这样的人,只有先做蚯蚓然后才能做一名无求于人、完全自给自足的廉洁之士。

屠龙术

朱泙漫学屠龙于支离益,单千金之家。三年技成,而无所用其巧。

《庄子·列御寇》

【译文】

朱泙漫向支离益学习屠宰龙的技术,耗尽了自己千金的家财。三年后终于学会屠龙的技艺,但天下没有地方可施用他的这项本领。

虞庆为屋

虞庆将为屋,匠人曰:"材生而涂濡。夫材生则挠,涂濡则重,今虽成,久必坏。"虞庆曰:"材干则直,涂干则轻,今诚得干,日以轻直,虽久必不坏。"

匠人诎,作之成。有间,屋果坏。

《韩非子·外储说左上》

【译文】

虞庆准备做房子,盖房的工匠说:"现在不行,木材刚伐下来还没有干,泥巴也是湿的。通常来讲,木材不干就会弯曲,泥巴没干就会增加重量,如今虽然做好了房子,过久了一定会倒塌。"虞庆说:"木材干了便会直,泥巴干了就会变轻,现在盖成了屋子,一定会变干的,木材一天天变直,泥巴一天天变干,即使过很长时间也不会毁坏。"

盖房子的工匠无话可答了,便开始盖房子,盖成了。但没过多久,房子果真倒塌了。

皆文取心

卜妻为裤

郑县人卜子使其妻为裤,其妻问曰:"今裤何如?"

夫曰:"象吾故裤。"妻子因毁新令如故裤。

《韩非子·外储说左上》

【译文】

郑国有个人名叫卜子,让他的妻子给他做裤子,他的妻子问道:"你现在的这条裤子做成个什么样子呢?"

卜子说:"像我的旧裤子那样。"他的妻子做好了新裤子后,又想办法把新裤弄得又破又脏,看上去和旧裤子完全一样。

释车下走

齐景公游少海,传骑从中来谒曰:"婴疾甚,且死,恐公后之。"

景公遽起,传骑又至。景公曰:"趋驾烦且之乘,使驺子韩枢御之。"

行数百步,以驺为不疾,夺辔①代之御;可②数百步,以马为不进,尽释车而走。

以烦且不良而驺子韩枢之巧,而以为不如下走也。

《韩非子·外储说左上》

【注释】

①辔(pèi):马缰绳。

②可:大约。

【译文】

齐景公在渤海边游玩,驿站的骑士从国都赶来拜见齐景公说:"丞相晏婴病得很厉害,将要死了,您要回去迟了恐怕就见不到他了。"

齐景公听了立即站起身来,驿站又有一名骑士赶到。齐景公说:"赶快去把良马烦且拉的车套好,让驺子韩枢来给我驾车。"

走了刚几百步,齐景公认为驺子韩枢赶车不够快,就从韩枢手中夺过了缰绳,自己来赶车;赶了大约几百步,齐景公又认为马跑得不够快,完全把车子抛弃了,迈开双腿向前跑去。

凭着烦且这样的良马,而又有韩枢这样技巧高超的侍从来帮他驾车,但齐景公还认为不如他下车跑得快哩。

不识车轭

郑县人有得车轭者,而不知其名,问人曰:"此何种也?"

曰:"此车轭也。"

俄又复得一,问人曰:"此是何种也?"

对曰:"此车轭也。"

问者大怒曰:"曩者曰车轭,今又曰车轭,是何众也? 此女欺我也。"遂与之斗。

《韩非子·外储说左上》

【译文】

郑国有个捡到一个车轭头的人,却不认识车轭头是什么东西,问别人说:"这是什么东西呢?"

被问的人告诉他:"这是车轭头。"

过了一会儿,这个郑国人又捡到一个车轭头,便又拿去问别人说:"这是啥东西呢?"

被问的人再次告诉他:"这是车轭头。"

这个郑国人勃然大怒,说:"我先前问你,你说是车轭头,现在问你,你又说是车轭头,哪来那么多的车轭头? 这明明是你在欺骗我嘛!"说完,便和别人打了起来。

郑人争年

郑人有相与争年者，一人曰："吾与尧同年。"其一人曰："我与黄帝之兄同年。"

讼此而不决，以后息者为胜耳。

《韩非子·外储说左上》

【译文】

郑国有两个人争论谁的年纪大，其中一个人说："我和尧年龄一样大。"另一个说："我和黄帝的哥哥年龄一样大。"

他们两人争论个没完没了，只好一直争下去，以最后住嘴的一位为获胜者。

不食盗食

东方有人焉，曰爰旌目，将有适也，而饿于道。

狐父之盗曰丘，见而下壶飧①以餔②之。

爰旌目三餔而后能视，曰："子何为者也？"

曰："我狐父之人丘也。"

爰旌目曰："嘻！汝非盗邪？胡为而食我？吾义不食子之食也。"

两手据地而欧之，不出，喀喀然遂伏而死。

《列子·说符》

【注释】

①飧（sūn）：饭食。

②餔（bū）：吃。此指喂食。

【译文】

东方有个人,名叫爰(yuán)旌目,准备到外地去,但半路上饿昏了。

狐父地方有个强盗名叫丘,看见爰旌目饿昏了倒在路上,便蹲下用自己饭钵子里的食物来喂他。

爰旌目吃了三口之后,能睁开眼睛看物了,看见有人喂自己吃的,便问:"你是什么人?"

丘回答说:"我就是狐父的丘。"

爰旌目说:"嗨!你不是强盗吗?为什么要喂东西我吃?我要坚持仁义,不吃你的饭食。"

爰旌目两手撑地,用力呕吐,呕不出来,喀喀地倒地而死。

牛缺遇盗

牛缺者,上地之大儒也。下之邯郸,遇盗于耦沙之中,尽取其牛衣装车,牛步而去。

视之,欢然无忧吝之色,盗追而问其故。

曰:"君子不以所养害其所养。"

盗曰:"嘻!贤矣夫!"

既而相谓曰:"以彼之贤,往见赵君,使以我为,必困我。不如杀之。"乃相与追而杀之。

燕人闻之,聚族相戒,曰:"遇盗莫如上地之牛缺也!"皆受教。

俄而其弟适秦,至关下,果遇盗。忆其兄之戒,因与盗力争,既而不如,又追而以卑辞请物。

盗怒曰:"吾活汝弘矣,而追吾不已,迹将著焉。既为盗矣,仁将焉在!"遂杀之,又傍害其党四五人焉。

《列子·说符》

【译文】

　　牛缺是上地很著名的儒学之士,他到邯郸去的时候,在耦沙那儿遇到了强盗,强盗把他的衣装和车子、拉车的牛都抢走了,牛缺只有步行。

　　强盗们回过头来看看牛缺,牛缺轻松自如,毫无忧伤和舍不得的神色,强盗们便追上去问他原因。

　　牛缺说:"君子从来都不会因为吝惜自己的财物而妨害了自己的性命。"

　　强盗说:"嘿,他真是位贤德的人啊!"

　　过后强盗们在一块议论说:"凭他的贤才去见赵国的国君,一定会告发我们的抢劫行为,使我们受到追捕的,不如先杀了他。"便追上牛缺,将他杀了。

　　燕国人听到此事后,便将全族人召集在一起,对他们进行劝戒说:"遇到强盗可千万不要像上地的牛缺那样!"大家都记住了这一点。

　　不久燕国人的弟弟到秦国去,走到函谷关下,果然遇到了强盗。燕国人的弟弟想起了早先兄长对全族人的劝戒,便和强盗拼力争抢,抢不过了,又追上去向这伙强盗说好话,请求强盗们将抢去的财物还给他。

　　强盗们发怒了,说:"我们对你够宽弘大量了,你还不停地追赶我们,我们将要被暴露了。我们既然做了强盗,还讲什么仁义!"便将燕人的弟弟杀了,还连带杀了他的四五个伙伴。

锟铻剑与火浣布

　　周穆王大征西戎,西戎献锟铻之剑,火浣之布。其剑长尺有咫,练钢赤刃,用之切玉如切泥焉。火浣之布,浣之必投于火,布则火色,垢则布色,出火而振之,皓然疑乎雪。皇子以为无此物,传之者妄。

萧叔曰："皇子果于自信,果于诬理哉!"

《列子·汤问》

【译文】

周穆王要征讨西戎,西戎便向他贡献锟铻剑、火浣布。锟铻剑长一尺八寸,白色的钢刀红色的刀刃,用它来切玉石,就像削泥巴一样。火浣布,洗它一定要放到火里去,在火里布就会变成火一样的颜色,而布上的灰垢就会变成布色,拿出火来拍打拍打,它会白得叫人怀疑它是雪做的。皇子认为不会有这类东西,而是转述的人说谎。

萧叔说:"皇子真是太武断自信,太蛮不讲理了!"

学长生者

昔人有言能长生者,道士闻而欲学之。比往,言者死矣。道士高踌而恨。

夫所欲学,学不死也。其人已死而犹恨之,是不知所以为学也。

《孔丛子·陈士义》

【译文】

从前,有个人宣称他得到了长生不老的法术,有个道士听说后,很想去学习。待到去了那儿,那个声称有长生不死之术的人已经死了。道士捶胸跺脚,遗憾得不得了。

道士想学的是长生不死的法术,那人已经死了,他还遗憾十分,这是不知道为什么而学呀!

胶柱鼓瑟

齐人就赵人学瑟,因之先调,胶柱而归。三年不成一曲,齐人怪之。有从赵来者,问其意,方知向人之愚。

邯郸淳《笑林》

【译文】

　　有一个齐国人跟着赵国人学习弹瑟,他没怎么很好地学习,只是依照赵国人事先调好的音调,将瑟上调音的短柱用胶固定起来,就回了家。回家后,弹奏了三年,还弹不成一支曲子。齐国人感到很奇怪。后来,有人从赵国来,问他是怎么回事,才感到这个齐国人过去的行为是非常愚蠢。

以叶障目

　　楚人贫居,读《淮南方》:"得螳螂伺蝉自障叶,可以隐形",遂于树下仰取叶。螳螂执叶伺蝉,以摘之。叶落树下,树下先有落叶,不能复分别。扫取数斗归,一一以叶自障,问其妻曰:"汝见我不?"

　　妻始时恒答言:"见。"经日乃厌倦不堪,绐①云:"不见。"嘿然大喜,赍叶入市,对面取人物,吏遂缚诣②县。

　　县官受辞,自说本末;官大笑,放而不治。

邯郸淳《笑林》

【注释】

　　①绐(dài):欺骗。

　　②诣(yì):往,到。

【译文】

　　楚国有个人很贫穷,闲居在家,读起了《淮南方》,见书中说"得到了螳螂捕捉知了时用以蔽身的树叶,就可用来隐身",于是,他就在树下仰面朝上,以寻找这种树叶。当他看见螳螂正用一片树叶作掩护伺机捕知了的时候,他便把这片树叶摘下来,结果这叶子落了地,而树下原先又有很多树叶,因此他再也不能分别出哪一片树叶是螳螂用过的了。于是,他扫了好几斗树叶回家,然后拿着树叶一片一片地遮掩自己,并问的他妻子说:"你看得见我吗?"

他妻子开始总是回答说:"看得见。"这样闹了一整天,妻子给弄得厌烦不堪了,便欺骗他说:"看不见了。"这个楚人十分高兴,嘿嘿地笑了。他带着这片树叶到了集市上,当着别人的面偷别人的东西,于是便被官吏捉住绑了起来,送到县衙去了。

县官受理了这件案子,那人便把这事的经过从头到尾地讲了一遍。县官听了哈哈大笑,把他放了,没有给他处治。

瓮　帽

梁时有人,合家俱痴,遣其子向市买帽,谓曰:"吾闻帽拟盛头,汝为吾买帽,必须容得头者。"

其子至市觅帽,市人以皂䌷帽与之,见其叠着未开,谓无容头之理,不顾而去。历诸行铺,竟日求之不获。最后,至瓦器行见大口瓮子,以其腹中宛宛,正好是容头处,便言是帽,取而归。其父得以盛头,没面至颈,不复见物,每着之而行,亦觉研其鼻痛,兼拥其气闷;然谓帽只合如此,常忍痛戴之,乃至鼻上生疮,颈上成胝,亦不肯脱。后每着帽,常坐而不敢行。

侯白《启颜录》

【译文】

梁朝时,有个人全家都很痴呆。一次,他叫自己的一个儿子到集市上去买帽子,并对儿子说:"我听说帽子是用来蒙头的,你为我买的帽子,一定要装得下我的整个脑袋。"

那人的儿子到了集市上,到处寻购帽子,商人给他拿出黑色粗䌷的帽子,他见这帽子叠在一起没有打开,就以为这帽子不可能装下一个头,他连看都不看一眼就走了。他跑遍了各个店铺,整整一天都没找到他所要的帽子。最后,他走进一家卖瓦器的商店,看见了大口瓦瓮,这瓦瓮的肚子很空荡,可以装下一个脑袋,便认为这就是帽子了,于是买了一个回家。他的父亲用瓦瓮来装头,瓦瓮便盖住了整个面孔,瓮口并压在了脖颈上,人也因此看不见任何东西了,而且每次戴着它走路,总感觉到鼻子被磨得发疼,又觉得难以出气。但是,他却认为帽子本来就只该这样,常常忍着疼痛戴着它,一直到鼻子生疮、脖上长出茧,还是不愿脱下来。后来,他只要一戴上这种"帽子",就只能是坐着而不敢行走。

哀溺文

　　永之氓咸善游。一日,水暴甚,有五六氓乘小船绝湘水。中济,船破,皆游。其一氓尽力而不能寻常。

　　其侣曰:"汝善游最也,今何后为?"

　　曰:"吾腰千钱,重,是以后。"

　　曰:"何不去之?"不应,摇其首。有顷,益怠。

　　已济者立岸上呼且号曰:"汝愚之甚,蔽之甚,身且死,何以货为?"又摇其首,遂溺死。

　　吾哀之。且若是,得不有大货之溺大氓者乎?

柳宗元《柳河东集》

【译文】

　　永州的老百姓都会游水。一天,河水突然涨起,有五六个人乘坐小船横渡湘水。渡到江心,船破了漏水,于是船上的人都游水逃生。其中有一个竭尽全力而游还是游不远。

　　他的伙伴对他说:"你最会游泳,现在为什么掉在后面?"

　　那人说:"我腰里缠有千钱,很沉重,所以落在了后边。"

　　伙伴劝他说:"为什么不把钱扔掉呢?"那人没答应,只是一个劲地摇头。过了一会儿,那人更是疲惫不堪了。

已经游过河的人站在岸上向他大声呼喊："你也太愚蠢了！你钱迷心窍了！性命都快丢了，还要那些钱干什么呢？"那人又摇了摇头。不一会，他就被水淹死了。

我为这件事哀伤。如果是样，那岂不是钱财越多，而为之送命的人也越多吗？

鞭 贾

市之鬻鞭者，人问之，其贾宜五十，必四五万。复之以五十，则伏而笑；以五百，则小怒；五千，则大怒；必以五万而后可。

有富者子，适市买鞭，出五万，持以夸余。视其首，则拳蹙而不遂；视其握，则蹇仄而不植；其行水者，一去一来不相承；其节朽黑而无文；搯之灭爪，而不得其所穷；举之，翲然若挥虚焉。

余曰："子何取于是而不爱五万？"曰："吾爱其黄而泽，且贾者云……"余乃召僮爚①汤以濯之，则遫②然枯，苍然白。向之黄者栀也，泽者蜡也。富者不悦，然犹持之三年，后出东郊，争道长乐坂下。马相蹸，因大击，鞭折而为五六。马蹸不已，坠于地，伤焉。视其内则空空然，其理若粪壤，无所赖者。

今之栀其貌、蜡其言，以求贾技于朝者，当其分则善，一误而过其分则喜，当其分则反怒曰："余曷不至于公卿？"然而至焉者亦良多矣。居无事，虽过三年不害。当其有事，驱之于陈力之列以御乎物，夫以空空之内，粪壤之理，而责其大击之效，恶有不折其用而获坠伤之患者乎？

柳宗元《柳河东集》

169

【注释】

①爚(yuè)：此指用火烧水。

②遬(sù)：迅速。

【译文】

集市上有个出卖鞭子的人，有人问他鞭子的价格的时候，这鞭本值五十，他却一定说要五万，还价五十，他就笑弯了腰；还价五百，他就小发脾气；给他五千，他就大发雷霆；一定要价五万，他才答应。

有个富家子弟，到集市上去买鞭子，花了五万买了鞭子回来。他拿出鞭子向我夸耀。我看那鞭梢，卷缩而不舒展；鞭把儿歪斜不正；缠在鞭上的皮筋儿缠来绕出，不相衔接；鞭的节头腐朽墨黑，没有纹彩；用指甲一掐，指甲都陷进了看不见；拿到手里轻飘飘的，像挥动着没分量的东西一样。

我说："你为什么要不惜五万钱来买这根鞭子呢?"他回答说："我喜爱这鞭又黄又有光彩，而且卖鞭的人也说好。"我便召唤仆人烧水去洗鞭子，那鞭子很快就失去了光泽，呈现出苍白色。原来那黄色是用栀子染成的，光泽是涂蜡而成的。富家子弟见了这情形很不高兴，但是，他还是把鞭子拿去用了三年。后来一次出门到东郊，在长乐坂下同别人抢道，马儿相互踢腿，富家子弟便用鞭子使劲抽打，结果鞭子断成五六节。马还是不停地踢腿，那富家子弟最后被摔下了马，受了伤。再瞧那鞭子。里头空洞洞的，质地如粪土一般，没有一点长处。

今天，有些人伪装他们的外貌，粉饰他们的言语，以求混迹于朝廷。根据一个人的情况给予他适当的位置，这是对的。一旦错误地让他获得的职位超过了他的能力，他就高兴；如果适合他的实际能力，他反而大发脾气，说："我为什么不能位至公卿?"然而，都让他们位至公卿，那么，天下做公卿的人不是太多了吗? 国家平安无事的时候，过这么两三年还看不到他的害处；但是，国家一旦不安宁，派他到应出力的位置上去处理事情，以其不学无术的本质，粪土一样的材料，要他出力效劳，怎么会不受挫折而导致失败呢?

恃胜失备

有人曾遇强寇,斗。矛刃方接,寇先含水满口,忽噀①其面,其人愕然,刃已揕②胸。

后有一壮士,复与寇遇,已先知噀水之事。寇复用之,水才出口,矛已洞颈。

盖已陈刍狗,其机已泄。恃胜失备,反受其害。

沈括《梦溪笔谈·权智》

【注释】

①噀(xùn):喷。

②揕(zhèn):用刀剑刺。

【译文】

有个人曾经遇到了一个强盗,便与强盗打斗起来。长矛、大刀刚刚交锋,强盗将事先满含在口中的水突然喷到了那人的脸上。那人突然受惊,强盗的刀子便戳穿了那人的胸膛。

后来,又有一个身强力壮的人碰到了这强盗,他先已知道这强盗喷水的伎俩。等到双方交手时,强盗又故技重演,但水一喷出口,那汉子就用长矛刺穿了他的颈子。

强盗这次没能得手,是因为他的花招曾使用过,机密已经泄露了。想依靠过去获取胜利的老办法来对付新情况,只能身受其害。

河豚妄肆

河之鱼,有豚其名者。游于桥间,而触其柱,不知远去,怒其柱之触己也,则张颊植鬐,怒腹而浮于水,久之莫动。飞鸢①过而攫之,磔②其腹而食之。

171

好游而不知止，因游以触物，而不知罪己，妄肆其忿，至以磔腹而死，可悲也夫！

《苏轼文集》

【注释】

①鸢(yuān)：鸟名，俗称老鹰。

②磔(zhé)：一种分裂肢体的酷刑。

【译文】

河里有一种鱼，名叫河豚。一次，一只河豚游到桥下，撞到了桥墩上。它不知道远远地避开桥墩，却十分恼怒地怪罪桥墩触犯了自己。于是，它张开两腮，竖起两鳍，肚皮胀得鼓鼓地浮在水面，气得很长时间都没动。这时一只老鹰飞过，抓住了它，撕裂了它的肚子，把它吃了。

河豚喜欢游水却不知节制，并因游水撞着了桥墩，但它不知责怪自己，反倒肆意地发泄怨恨，以致裂腹而死，真是可悲啊！

猎犬毙鹰

艾子有从禽之癖。畜一猎犬，甚能搏兔。艾子每出，必牵犬以自随。凡获兔，必出其心肝以与之，食莫不饫足。故凡获一兔，犬必摇尾以视艾子，自喜而待其饲也。

一日出猎，偶兔少而犬饥已甚。望草中二兔跃出，鹰翔而击之。兔狡，翻覆之际而犬已至，乃误中其鹰，毙焉；而兔已走矣。

艾子匆剧将死鹰在手，叹恨之次，犬亦如前摇尾而自喜，顾艾子以待食。艾子乃顾犬而骂曰："这神狗犹自道我是里。"

《艾子杂说》

【译文】

艾子有打猎的爱好。他养了一条猎狗,很会捕捉兔子。艾子每次出猎,一定要牵上这猎狗跟随自己。只要一捕到兔子,艾子必定会掏出兔子的心肝给猎狗吃,每次都让他吃饱。所以,凡是捕获一只兔子,猎狗一定要摇着尾巴看着艾子,自鸣得意地等待艾子喂它。

有一天外出打猎,兔子很少,猎狗又十分饥饿。忽然望见草中窜出两只兔子,艾子放出猎鹰追捕,兔子非常狡猾,蹦跳翻滚之际,猎狗已经追上了,却误咬了猎鹰,猎鹰即刻死去,兔子也立刻跑掉了。

艾子急急忙忙地跑去把猎鹰拿到了手里,感叹而遗憾不已。这时,猎狗又像往常一样摇着尾巴高高兴兴地走了来,眼盯着艾子,等待给它喂食。艾子便眼盯着猎狗骂道:"你这不知死活的狗,竟还自以为是呢!"

赴火虫

林子夜对客,有物粉羽,飞绕烛上。以扇驱之,既去复来。如是者七八,终于焦首烂额,犹扑扑,必期以死。人莫不笑其愚也。

予谓声色利欲,何啻①膏火?今有蹈之而不疑,灭其身而不悔者,亦宁免为此虫笑哉?噫!

林昉《田间书》

【注释】

①啻(chì):但,止,仅。

【译文】

一天夜里,林子和客人坐着谈话,有一只翅膀有粉的蛾虫绕着蜡烛飞来飞去。用扇子赶走它,不久又飞了回来。像这样闹了七八次,那蛾虫终于被蜡烛上的火苗烧得焦头烂额,掉在地上扑扑地拍打着翅膀,一直到死亡为止。人们没有不讥笑它愚蠢的。

我认为,人们追逐的声色利欲,何只像这照明的油火?如今有些人追名逐利而不生疑,毁了自身而不后悔,难道免得了遭受蛾虫所受的那种讥笑吗?唉!

得过且过

五台山有鸟,名寒号虫。四足,有肉翅,不能飞,其粪即五灵脂。当盛暑时,文采绚烂,乃自鸣曰:"凤凰不如我。"比至深冬严寒之际,毛羽脱落,索然如鷇^①雏,遂自鸣曰:"得过且过。"

陶宗仪《南村辍耕录·寒号虫》

【注释】

①鷇(kòu):待母哺食的幼鸟。

【译文】

五台山上有一种鸟,名字叫寒号虫。它有四只脚,一双多肉的翅膀,所以不能飞翔。它的粪就是名贵中药"五灵脂"。当炎热的盛夏来临之时,它身上的羽毛丰满,色彩绚丽,于是自鸣得意地叫道:"凤凰也不如我美丽。"等到深冬严寒来临之际,它身上的羽毛尽数脱落,孤伶伶如一只等待喂养的小鸟,于是自我安慰说"得过且过"罢。

象虎伏兽

楚人有患狐者,多方以捕之,弗获。或教之曰:"虎,山兽之雄也。天下之兽见之,咸詟^①而亡其神,伏而俟命。"乃使作象虎,取虎皮蒙之,出于牖下。狐入遇焉,啼而踣。

他日豕暴于其田,乃使伏象虎,而使其子以戈掎诸衢。

田者呼,豕逸于莽,遇象虎而反奔衢,获焉。楚人大喜,以象虎为可以皆服天下之兽矣。

于是野有如马,被象虎以趋之。人或止之曰:"是駮也,真虎且不能当,往且败。"弗听,马雷㕭而前,攫而噬之,颅磔而死。

刘基《郁离子·象虎》

【注释】

①詟(zhé):惧怕。

②㕭(xǔ):张口呼气。

【译文】

楚国有个深受狐狸之害的人,多次想方设法去捕捉它,都没捕到。有人提醒他说:"老虎,在山中百兽之中是最凶猛的,所有的野兽看见它,都吓得魂飞魄散,趴在地上等死。"楚人于是让人制作了一个虎的模型,用张虎皮蒙在上面,放在家里窗户底下。狐狸进来恰好碰到,吓得哀叫着跌倒在地。

有一天,野猪把他家的田地糟蹋得不成样子,于是把老虎模型埋伏在田里,并让儿子手持武器等在大路上。人们大声喊叫驱赶,野猪吓得跑进草丛,恰好碰到埋伏在那里的假老虎,吓得转身跑到大路上,于是野猪被捕获了。这个楚人非常高兴,误以为用这只假老虎就可以降伏所有的野兽。

在这时候田野里出现了一匹像马的野兽,那个楚人于是背着假老虎去追赶它。有人劝阻他说:"这是駮啊,真虎也敌不过他,你这次去肯定要倒霉。"楚人不听,那像马一样的駮咆哮着冲上来,抓住他就咬。楚人终于头颅破裂而死。

越　　车

越无车,有游者得车于晋楚之郊,辐朽而轮败,輗^①折而

175

辕毁，无所可用。然以其乡之未尝有也，舟载以归而夸诸人。观者闻其夸而信之，以为车固若是，效而为之者相属。他日，晋楚之人见而笑其拙，越人以为绐己，不顾。及寇兵侵其境，越率敝车御之。车坏，大败，终不知其车也。学者之患亦然。

方孝孺《逊老斋集》

【注释】

①輗(ní)：大车辕端与衡相接处的关键。

【译文】

越国那地方本来没有车，有个游客在晋国与楚国的交界处得到一辆车，车的辐条腐朽了，车轮也坏了，輗折断了，辕也毁了，没有一处可以利用。然而因为他的家乡不曾有车，于是他用船把车运回越国，向众人夸耀。围观的人听他夸夸其谈就相信了他，认为这车子本来就是这样子，于是纷纷照这辆车子的样子仿造起来。有一天，晋楚两国的人看见这辆车，都嘲笑他们拙笨，越国人认为这是对方欺哄他们，不予理睬。等到敌国侵犯越国边境，越国人驾着破车去迎战敌人。车子坏了，越国军队大败，然而他们自始至终都不知道战败的原因是因为破车的缘故。做学问的人最忌讳的就是像越国人那样。

楚人患眚

楚人有患眚①者，一日谓其妻曰："吾目幸矣，吾见邻屋之上大树焉。"其妻曰："邻屋之上无树也。"祷于湘山，又谓其仆曰："吾目幸矣，吾见大衢焉。纷如其间者，非车马徒旅乎？"其仆曰："我望皆江山也，安有大衢？"

夫无树而有树，无衢而有衢，岂目之明哉？目之病也！不达而以为达，不贯而以为贯，岂心之明哉？心之病也！

唐甄《潜书·自明》

【注释】

　　①眚（shěng）：眼病。

【译文】

　　楚国有个患了眼病的人，一天对他的妻子说："我的眼睛好了，我看见邻居家屋上的大树了。"他妻子说："邻居家的屋上根本就没有树。"后去湘山祈祷，他又对仆人说："我的眼睛好了，我看见了四通八达的大道，大路上熙熙攘攘的，那不是车马人流吗？"仆人说："我眼前见到的都是江山，哪里有什么通衢大道呀？"

　　没有树却说能看到树，没有路却说能看到路，怎么能说眼睛好了呢？实际上是眼睛有毛病。不通达却自以为通达，不透彻却自以为透彻，难道是心里明白吗？实际上是思想有毛病。

恍　　惚

　　一人错穿靴子，一只底儿厚，一只底儿薄；走路一脚高，一脚低，甚不合式。

　　其人诧异曰："今日我的腿，因何一长一短？想是道路不平之故。"

　　或告之曰："足下想是错穿了靴子！"

　　忙令人回家去取。家人去了良久，空手而回。谓主人曰："不必换了，家里那两只，也是一厚一薄！"

小石道人《嘻谈续录》

【译文】

　　一个人穿错了靴子，一只底厚，一只底薄；因而走起路来，一只脚高，一只脚低，很不合适。

　　这个人感到很奇怪，自言自语地说："我的腿今天为什么会一长一短呢？想来可能是道路不平的缘故吧。"

　　有人告诉他说："你可能是穿错了靴子！"

　　这个人赶忙让家人回家去取靴子。家人去了很久,空着两只手回来了。家人对主人说:"不用换了,家里的那两只靴子,也是一厚一薄!"

奸神恶态

齐人有一妻一妾

齐人有一妻一妾而处室者,其良人出,则必餍①酒肉而后反。其妻问所与饮食者,则尽富贵也。其妻告其妾曰:"良人出,则必餍酒肉而后反,问其与饮食者,尽富贵也。而未尝有显者来。吾将瞷②良人之所之也。"

蚤起,施③从良人之所之,遍国中无与立谈者。卒之东郭墦④间之祭者,乞其余,不足,又顾而之他。此其为餍足之道也。

其妻归,告其妾曰:"良人者,所仰望而终身也,今若此!"与其妾讪其良人,而相泣于中庭。而良人未之知也,施施从外来,骄其妻妾。

由君子观之,则人之所以求富贵利达者,其妻妾不羞也,而不相泣者,几希矣!

《孟子·离娄下》

【注释】

①餍(yàn):饱。

②瞷(jiàn):窥视。

③施(yí):通"迤",逶迤斜行。

④墦(fán):坟墓。

【译文】

齐国有个人,家里有一个大老婆和一个小老婆。这个男人每次外出,总要酒足饭饱才回来。他的大老婆问他和哪些人共享丰盛的宴席,他说都是些有钱有地位的人。他的大老婆不相信,对小老婆说:"我们的丈夫出门,总是吃饱喝足了香的辣的才回家,问他和哪些人一块进餐,他说都是富贵之人。但我们从未看到过哪位有权有势的人来过我们家,我将暗中看看他到底到什么地方去了。"

第二天这位大老婆早早地起了床,躲躲闪闪地跟着自己的男人走,走遍了整个齐国都城也没看见有一个人站住和她的男人说话。最后,她的男人走到了东郊坟地有祭墓人的地方,向祭墓者讨一些残酒剩菜吃,没吃饱,又转身跑向别的祭墓者乞讨。这就是他吃得酒肉足饱的诀窍。

大老婆回家之后,把看到的一切告诉了小老婆,说:"丈夫是我们要仰仗着过一生的人,他现在却是这般模样,"便和小老婆一起旁敲侧击地挖苦她们的丈夫,并在院子中抱头而泣。但她们的丈夫对这一切并不知道,仍是洋洋自得地从外面回来,在大老婆和小老婆面前摆出骄傲的架子。

在君子看来,那些挖空心思谋求富贵向上爬的人,他们的老婆知道了而不感到羞惭,并且抱头痛哭的,大概少得可怜!

攘鸡者

今有人日攘其邻之鸡者,或告之曰:"是非君子之道。"

曰:"请损之,月攘一鸡,以待来年,然后已。"

如知其非义,斯速矣,何待来年?

《孟子·滕文公下》

【译文】

现在有个每天偷邻居家一只鸡的人,有人劝他说:"这可不是君子的行为。"

他说:"那好吧,我就减少偷鸡的数量,改为每月偷一只鸡,等到明年以后,我就不再偷了。"

如果知道自己的行为是不义之举,那就该马上停下来,为什么还要等到来年再改呢?

校人烹鱼

昔者有馈生鱼于郑子产,子产使校人畜之池。

校人烹之,反命曰:"始舍之,圉圉^①焉,少则洋洋焉,攸^②然而逝。"

子产曰:"得其所哉! 得其所哉!"

校人出,曰:"孰谓子产智? 予既烹而食之,曰:'得其所哉! 得其所哉!'"故君子可欺以其方,难罔以非其道。

《孟子·万章上》

【注释】

①圉(yǔ)圉:局促不舒展的样子。

②攸(yōu):通"悠"。

【译文】

从前,有人送给子产一条活鱼,子产让管鱼池的人把鱼放养到池塘中去。

那管鱼池的人把鱼拿到后,没有放到鱼池中去喂养,而是把鱼煮着吃了,回头报告子产说:"我刚把那条鱼放进池塘时,它还是半死不活的,过了一会儿,它就自由自在地游了起来,一下子就游得无影无踪了。"

子产说:"这太好了,鱼儿算找到了它想去的地方了! 找到它想去的地方了!"

管池塘的人从子产那儿出来,对人说:"谁说子产智力超人? 我已经把那条鱼煮着吃了,他还在说'鱼儿算找到它要去的地方了! 找到它要去的地方了!'"

所以说,即使是君子,编造合理的话也可能使他受骗,但不合情理的话是骗不了他的。

诸文趣心

舐痔①结驷

宋人有曹商者，为宋王使秦。其往也，得车数乘；王说之，益车百乘。反于宋，见庄子曰："夫处穷闾厄巷，困窘织屦②，槁项黄馘③者，商之所短也；一悟万乘之主而从车百乘者，商之所长也。"

庄子曰："秦王有病召医，破痈④溃痤者得车一乘，舐痔者得车五乘，所治愈下，得车愈多，子岂治其痔邪，何得车之多也？子行矣！"

《庄子·列御寇》

【注释】

①舐痔（shìzhì）：比喻极卑劣的谄媚行为。

②屦（jù）：用麻葛等物制成的鞋。

③馘（xù）：脸。

④痈（yōng）：毒疮。

【译文】

宋国有个名叫曹商的人，替宋王去出使秦国。他出使的时候，获得宋王赏给他的好几乘车；秦王也喜欢他，又给他增加了上百辆车。曹商回到宋国，去见庄子炫耀说："待在穷闾陋巷，贫困不堪，织草鞋为生，面黄肌瘦，这是我做不到的；一下使万乘之君们心动意悦，结果获得百辆随从的车辆，这就是我的特长。"

庄子说："秦王因病而招募医生，能掐破他的疮挤出脓血的可获得一辆车，舐他的肛门中的痔疮的可获得五辆车，所要医治的地方越肮脏，获得的车就越多。你难道是为秦王医过痔疮吗，怎么获得了那么多车呢？你走吧！"

祝宗人说彘

祝宗人玄端以临牢筴，说彘曰："汝奚恶死？吾将三月 豢汝，十日戒，三日齐①，藉白茅，加汝肩尻（kāo）乎雕俎之 上，则汝为之乎？"

《庄子·达生》

【注释】

①齐（zhāi）：整洁身心，以示虔敬。

【译文】

宗庙祭祀官穿上整整齐齐的玄色礼服，来到关猪的圈前，对猪 说："你为什么怕死呢？我将要好好地喂你三个月，然后还要斋戒十 天，给你沐浴洗刷三天，在神座上垫上一层白茅草，把你的肩和屁股 放到雕花的案板上，这样你愿意吗？"

卜妻饮鳖

郑县人卜子妻之市，买鳖以归。过颍水，以为渴也，因 纵而饮之，遂亡其鳖。

《韩非子·外储说左上》

【译文】

郑国有个叫卜子的人，他的妻子跑到市场上去，买了一只甲鱼 回家。她经过颍水的时候，认为甲鱼应该很渴了，便把它放到河里 去喝水，因此这个甲鱼逃跑了。

三虱争讼

三虱食彘，相与讼，一虱过之，曰："讼者奚说？"

三虱曰："争肥饶之地。"

一虱曰："若亦不患腊之至而茅之燥耳，若又奚患？"于是乃相与聚嘬①其身而食之。彘臞②，人乃弗杀。

《韩非子·说林下》

【注释】

①嘬（chuài）：叮，咬。

②臞（qú）：同"癯"。消瘦。

【译文】

一头猪身上三只吸血的虱子相互争吵不休。另有只虱子从旁边经过，说："你们争争吵吵的是为了什么？"

三只虱子说："为了争夺膘肥肉厚的地方。"

这个从旁经过的虱子说："你们就不怕腊祭的日子到了，将要点燃茅草杀猪祭祖吗？你们还为别的事而争吵吗？"这三只虱子于是便停止了争吵，相互挤在一起拼命地吸猪身上的血，吸猪身上的油。猪变瘦了，到腊祭时主人便没有杀它。

涸泽之蛇

泽涸，蛇将徙，有小蛇谓大蛇曰："子行而我随之，人以为蛇之行者耳，必有杀子者。子不如相衔负我以行，人以我为神君也。"乃相衔负以越公道，人皆避之，曰："神君也。"

《韩非子·说林上》

【译文】

一片水洼地干涸了，水洼地原先住的蛇准备迁走。有一条小蛇对大蛇说："你在前面走，我跟在后面，人们一定会认为是一般的蛇从这儿路过，一定会杀死你的，还不如我们口与口相互衔着，你背着我走，人们一定会认为我们是神君。"于是，它们便用嘴互相衔着，大蛇背着小蛇从大路穿过，人们都回避它们，说："那是神君，快闪开！"

虺虫自龁

虫有虺^①者,一身两口,争食相龁^②。遂相杀,因自杀。

《韩非子·说林下》

【注释】

①虺(huǐ):一种毒蛇。

②龁(hé):咬。

【译文】

有这样一条毒蛇,它身体长了两张嘴,为了争夺食物两张嘴互相噬咬。结果竟互相残杀,导致自杀身死。

东郭敞

齐人有东郭敞者,犹多愿,愿有万金。其徒请赒^①焉,不与,曰:"吾将以求封也。"其徒怒而去之宋。曰:此爱于无也,故不如以先与之有也。

《商君书·徕民》

【注释】

①赒(zhōu):救济。

【译文】

齐国有个名叫东郭敞的人,很贪心,希望能得到万金。他的门徒向他请求:如果得到万金,就给他们一些救济。东郭敞不同意,说:"我还要用这些钱去买官爵啊。"他的门徒因此很生气,便离开他到宋国去了。人们说:这是舍不得还没有得到的东西啊,还不如先答应给他的门徒好,这样他就不致于众叛亲离了。

谐文趣心

社　鼠

夫社，束木而涂之，鼠因往托焉。熏之则恐烧其木，灌之则恐败其涂。此鼠所以不可得杀者，以社故也。

《晏子春秋·问上》

【译文】

有一座土地庙，是用木头扎在一起并涂上泥建成的，老鼠于是钻到里面寄身在那里。人们用烟火去熏燎老鼠，则担心会烧坏木头；用水去淹灌老鼠吧，又担心会浸塌泥层。这些老鼠之所以没能被消灭掉，就是土地庙的缘故啊。

齐人攫金

齐人有欲得金者，清旦，被衣冠，往鬻金者之所，见人操金，攫而夺之。吏搏而束缚之，问曰："人皆在焉，子攫人之金，何故？"对吏曰："殊不见人，徒见金耳！"

《吕氏春秋·先识览·去宥》

【译文】

有个齐国人想得到金子，一天清晨，他穿上衣服、戴好帽子，就直奔卖金子的人那里，看见别人拿着金子，就抓住金子，一把夺了过来。吏役抓住他捆绑起来，审问他说："人都在那里，你竟然还敢抢别人的金子，这是为什么？"他回答说："我根本就没看见人，只看见金子罢了。"

竭池求珠

宋桓司马有宝珠，抵罪出亡。王使人问珠之所在，曰：

"投之池中。"于是竭池而求之,无得,鱼死焉。

《吕氏春秋·孝行览·必己》

【译文】

　　宋国的司马桓魋有颗宝珠,他犯了罪而出逃在外。宋景公派人追问他宝珠藏在什么地方,桓魋回答说:"扔到池塘里去了。"于是宋景公令人汲干池塘里的水来寻找那颗宝珠,结果宝珠没有找到,而池塘里的鱼却因此死得一干二净。

澄子亡缁衣

　　宋有澄子者,亡缁衣,求之涂,见妇人衣缁衣,援而弗舍,欲取其衣,曰:"今者我亡缁衣。"妇人曰:"公虽亡缁衣,此实吾所自为也。"澄子曰:"子不如速与吾衣。昔吾所亡者,纺缁也;今子之衣,禅缁也。以禅缁当纺缁,子岂不得哉?"

《吕氏春秋·审应览·淫辞》

【译文】

　　宋国有个叫澄子的人丢了一件黑色的衣服,到路上去寻找,看见一个妇人穿着黑色的衣服,就拉住她不肯松手,要脱取她的衣服,说:"如今我丢了件黑色的衣服。"妇人说:"虽然您丢了件黑色衣服,可这件衣服确实是我自己做的。"澄子说:"你不如赶快把衣服脱给我。前面我丢的那件衣服是丝纺的,如今你穿的这件衣服是麻做的。用麻做的衣服来换取丝纺的衣服,你难道不是占了个便宜吗?"

朝三暮四

　　宋有狙公者,爱狙,养之成群,能解狙之意,狙亦得公之心。损其家口,充狙之欲。俄而匮焉,将限其食。恐众狙之不驯己也,先诳之曰:"与若芋,朝三而暮四,足乎?"众狙皆起而怒。

俄而曰:"与若芋,朝四而暮三,足乎?"众狙皆伏而喜。

《列子·黄帝》

【译文】

宋国有位称狙公的人,很喜欢猴子,养了一大群猴,他能了解猴子的心意,猴子也懂得狙公的愿望。狙公减少家里人的口粮,拿来满足猴子们的食欲。不久狙公家里开始缺粮了,准备限制猴子的食量。但他又担心猴子们不会顺服,便先哄骗猴子们说:"我要分给你们橡子吃,早晨三颗晚上四颗,够了吗?"猴子们都站起来,非常生气。

过了一会儿,狙公又改口说:"那么分给你们橡子吃,早晨四颗,晚上三颗,够了吧?"猴子们都伏在地上,非常高兴。

蜀侯迎金牛

蜀侯性贪,秦惠王闻而欲伐之,山涧峻险,兵路不通,乃琢石为牛,多与金,日置牛后,号牛粪,言以遗蜀侯。蜀侯贪之,乃斩山填谷,使五丁力士以迎石牛,秦人帅师随后而至,灭国亡身,为天下所笑。

刘昼《刘子·贪爱》

【译文】

蜀国的国君贪婪成性,秦惠王听说后准备讨伐他。蜀国山高水险,兵车难以通过。于是,惠王叫人用石头雕成一头牛,每天把许多金子放在石牛后面,说是牛粪,并扬言要送给蜀国的国君。蜀国国王贪图这可拉金粪的石牛,便派人劈山填沟,开设道路,又派了五名身强力壮的大汉去迎接石牛。路修了,秦国却率领军队跟着石牛攻到了蜀国,一举灭亡了蜀国,杀死了蜀国的国君。蜀君因此遭到了天下人的讥笑。

楚富者乞羊

楚富者,牧羊九十九,而愿百。尝访邑里故人。其邻人贫有一羊者,富拜之曰:"吾羊九十九,今君之一盈成我百,则牧数足矣。"

萧绎《金楼子》

【译文】

楚国有个富人,养了九十九只羊,希望有一百只。为此,他曾多次寻求乡里的朋友。他的邻居很穷,养有一只羊,富人便请求他说:"我已有九十九只羊,现在你把你的一只给我,使我凑成一百,那么,我养的羊数就够一个整数了。"

试　　诗

有一士族,读书不过二三百卷,天才钝拙,而家世殷厚,雅自矜持,多以酒犊珍玩交诸名士,甘其饵者,递相吹嘘。朝廷以为文华,亦尝出境聘。东莱王韩晋明笃好文学,疑彼制作多非机杼。遂设宴,言面相讨试。竟日欢谐,辞人满席,属音赋韵,命笔为诗,彼造次即成,了非向韵。众客各自沉吟,遂无觉者。韩退叹曰:"果如所量!"

颜之推《颜氏家训》

【译文】

有个名门望族的子弟,读书不过二三百卷,天资又愚钝,但家里十分富有。他平时总是装出一副端庄严肃的高雅之态,并利用酒肉、珍宝结识了很多名流学士。那些得过他好处的人，都一个一个地吹捧他。朝廷里的人都以为他很有文才，也曾经到他家中邀请他。东莱王韩晋明非常喜爱文学，怀疑他的作品大多不是他自己构思写作的。于是，摆下宴席，想当面测试他一下。宴饮愉快地进行了一整天，当日善作诗文的文人坐满了席位，大家出口成章，挥笔作诗。而那豪门子弟只是草草地写成了一篇，一点没有他先前诗文的韵味。客人们只顾各自沉思吟诵，没有注意到他。韩晋明在散席后感叹道："果然像我所预料的那样，是个没学问的笨伯！"

狮王和豺狼

昔有狮子王，于深山获一豺，将食之，豺曰："请为王送二鹿以自赎。"狮子王喜。周年之后，无可送。王曰："汝杀众生亦已多，今次到汝，汝其图之。"豺默然无应，遂齰①杀之。

张鷟《朝野佥载》

【注释】

①齰(zé)：啮，咬。

【译文】

从前有个狮子王，在深山里捕住了一只豺狼，狮王准备吃掉它，豺狼说："请大王允许我用两只鹿赎回自己吧。"狮王听了很高兴，放了豺狼。一年后，豺狼没有什么东西可送狮王了。狮王说："你杀害的生灵，也已经是够多的了，今天该轮到你了，你好好想一下吧。"豺狼没有什么可说的了，没作声，于是狮王将它吃了。

永某氏之鼠

永有某氏者，畏日，拘忌异甚。以为己生岁值子，鼠，子神也，因爱鼠，不畜猫犬，禁僮勿击鼠。仓廪庖厨，悉以恣鼠,不问。由是鼠相告,皆来某氏,饱食而无祸。某氏室无完器,椸^①无完衣,饮食大率鼠之余也。昼累累与人兼行;夜则窃啮斗暴,其声万状,不可以寝。终不厌。

数岁,某氏徙居他州。后人来居,鼠为态如故。其人曰:"是阴类恶物也,盗暴尤甚,且何以至是乎哉!"假五六猫,阖门撤瓦灌穴,购僮罗捕之。杀鼠如丘,弃之隐处,臭数月乃已。

呜呼!彼以其饱食无祸为可恒也哉!

柳宗元《柳河东集》

【注释】

①椸(yí):衣架。

【译文】

永州有一个人,怕触犯忌日,特别讲究忌讳。他认为自己出生那一年是子年,而老鼠又是子年之神,因而特别喜欢老鼠。他不养猫,并禁止僮仆捕击老鼠。家里的粮仓、厨房都任老鼠随意糟蹋,从不过问。于是,老鼠奔走相告,都来到这个人的家中,大吃大喝却安然无事。结果闹得这个人家里没有一件完好的器具,衣架上没有完好的衣服,人吃喝的东西大都是老鼠吃剩的。老鼠白天总是成群结队地与人一道行走,晚上则偷咬、吵闹,各种各样的鼠叫声吵得人们不能入睡。可是,这个人始终不厌烦老鼠。

几年后,这个人迁移到别的州去住了。后来有人住了他的房子。老鼠还是像从前那样胡作非为。新来的主人说:"老鼠是在阴暗角落里害人的东西,偷窃捣蛋最为厉害,为什么它们现在猖狂到了这种地步呢?"于是,新主人借来五六只猫关在家里,揭开房瓦,用水灌洞,并出钱雇人来捕捉老鼠,打死的老鼠堆起来像一座小山,扔到偏僻的地方,臭气过了好几个月才消失。

哎!那些老鼠还以为饱食无祸的日子能够过得很长久呢!

谐文趣心

挽纤折半

艾子见有人徒行自吕梁托舟人以趋彭门者,持五十钱遗舟师。师曰:"凡无赍①而独载者,人百金;汝尚少半。汝当自此为我挽纤,至彭门可折半直也。"

《艾子杂说》

【注释】

①赍(jī):携带。

【译文】

艾子看见一个徒步行走的人,在吕梁求一个船夫带他到彭城去,并拿出五十钱送给船夫。船夫说:"凡是没有行装而独自一人乘船者,要交一百钱的船钱。你还少一半的钱。你就从这里开始,替我拉船纤,一直拉到彭城,就可抵作那一半的船钱了。"

营丘士折难

营丘士,性不通慧,每多事,好折难而不中理。

一日,造艾子问曰:"凡大车之下,与橐驼之项,多缀铃铎,其何故也?"艾子曰:"车、驼之为物甚大,且多夜行,忽狭路相逢,则难于回避,以借鸣声相闻,使预得回避尔。"

营丘士曰:"佛塔之上,亦设铃铎,岂谓塔亦夜行而使相避邪?"艾子曰:"君不通事理,乃至如此!凡鸟鹊多托高以巢,粪秽狼藉,故塔之有铃,所以警鸟鹊也,岂以车、驼比邪?"

营丘士曰:"鹰鹞之尾,亦设小铃,安有鸟鹊巢于鹰鹞之尾乎?"艾子大笑曰:"怪哉,君之不通也!夫鹰隼①击物,或入林中,而绊足绦线,偶为木枝所绾,则振羽之际,铃声可寻而索也,岂谓防鸟鹊之巢乎?"

营丘士曰:"吾尝见挽郎秉铎而歌,虽不究其理,今乃知恐为木枝所绾,而便于寻索也。抑不知绾郎之足者,用皮乎?用线乎?"艾子愠而答曰:"挽郎乃死者之导也,为死人生前好诘难,故鼓铎以乐其尸耳!"

《艾子杂说》

【注释】

①隼(sǔn):猛禽。鹰类。

【译文】

营丘有一个读书人,生性不善变通,但又每每多事,喜欢以诡辩来诘难别人,却又总说不到点子上。

一天,他去拜访艾子,问道:"大凡大车的底下,及骆驼的脖子上,都系一个铃铛,这是为什么呢?"艾子回答说:"大车与骆驼体积很大,又多在夜间行走,突然在窄路上相逢,就很难相互避让,所以要借助铃铛的鸣声使对方听见,以使预先能够回避罢了。"

营丘的那位读书人听了,又说:"佛塔之上,也设有铃铛,难道说佛塔夜间也行路,也用铃声使相互回避吗?"艾子回答说:"你不通达事理,竟到了这种程度!大凡鸟鹊多是依托高处筑窝,撒下的粪便到处都是,所以塔上设有铃铛,是用来惊吓鸟鹊,不使筑窝,怎么能与大车、骆驼相比呢?"

那位读书人说:"鹰鹞的尾巴也系有一个小铃铛,难道说有鸟鹊敢在鹰鹞的尾巴上作窠吗?"艾子大笑说:"你真是太不通事理!那鹰和隼捕捉食物,有的进入林中,常被绦线绊住了脚,或者偶然被树枝挂住,而在鼓动翅膀挣扎时,铃响了,人们就可循着铃声去找它,哪里是防止鸟鹊在尾巴上做窝呢?"

那位读书人听了,说:"我曾看到送葬时,走在前面的挽郎拿着铃铛唱挽歌,我一直不明白这其中的道理,今天才知道他们是怕树枝绊住了脚,以便让人们随着铃声去找他们。但我不知道挂住挽郎的带子,是皮的呢,还是丝线的?"艾子听了很生气地说:"挽郎是给死者引路的人,因为死人生前喜欢诡辩,所以才敲着铃铛去娱乐他的尸体。"

淮北蜂与江南蟹

淮北蜂毒,尾能杀人;江南蟹雄,螯堪敌虎。然取蜂儿者不论斗,而捕蟹者未闻血指也。

蜂窟于土或木石,人踪迹得其处,则夜炳烈炬临之,蜂空群赴焰,尽殪。然后连房刳取。

蟹处蒲苇间,一灯水浒,莫不郭索而来,悉可俯拾。

惟知趋炎,而不能安其所,其殒也固宜。

姚镕《三说》

【译文】

淮北的马蜂毒性很大,尤其是尾部的毒刺能蜇死人。江南的螃蟹很厉害,它的螯钳可与老虎交锋。但是,捉取蜂蛹的人不须与马蜂相斗就可获取,也没听说过捕捉螃蟹的人为捉蟹而使手指受伤流血的。

马蜂的窝儿一般建在土堆、树木或石头上,捕蜂人跟随蜂子的行迹找到它们的窝,到了夜晚,就点燃明亮的火把去蜂窝所在的地方。马蜂见了火把,空巢而出,一齐扑向火焰,最后都被烧死。于是,捕蜂的人就将蜂蛹连同蜂房一起割取下来。

螃蟹一般待在蒲草或苇草里,捕蟹人在水边点上一盏灯,螃蟹就都连忙爬了过来,于是,捕蟹人弯下腰去就可将它们全部捉起来。

只知道跑向有火光的地方,却不安居其所。所以,它们的死也就是很自然的事了。

屠　犬

艾子晨饭毕，逍遥于门，见其邻担其两畜狗而西者，艾子呼而问之，曰："吾子以犬安之？"

邻人曰："鬻诸屠。"

艾子曰："是吠犬也，乌乎屠？"

邻人指犬而骂曰："此畜生，昨夜盗贼横行，畏顾饱食，噤不则一声。今日门辟矣，不能择人而吠，而群肆噬啮，伤及佳客，是以欲杀之。"

艾子曰："善！"

《艾子后语》

【译文】

艾子早饭吃过后，便去门外散步，看见邻居挑着家里养的两只狗往西去，艾子便叫住他，问道："你挑着狗准备到哪儿去？"

邻居回答说："把它们卖给屠夫。"

艾子说："这是看家狗，为什么要杀掉呢？"

邻居指着狗骂道："这两个畜生，昨天夜里盗贼来胡作非为，它们吓得只顾埋头吃东西，一声不吭。今天打开门，不管见了谁都乱叫一气，还放肆咬人，把我的贵客都咬伤了，所以，想杀掉它们。"

艾子回答说："好！"

越人与狗

越人道上遇狗，狗下首摇尾人言曰："我善猎，与若中分。"越人喜，引而俱归，食以粱肉，待之礼以人。狗得盛礼，日益倨；猎得兽，必尽啖乃已。

或嗤越人曰:"尔饮食之,得兽,狗辄尽啖,将奚以狗为?"越人悟,因为分肉,多自与。狗怒,啮其首,断领足,走而去之。

夫以家人养狗,而与狗争食,几何不败也!

邓牧《伯牙琴》

【译文】

有个越地的人在路上遇到一条狗,那狗低下头摇着尾巴,操着人的语言说:"我擅长猎捕野兽,你若收留我,我捕到的猎物与你平分。"那越人满心欢喜,就带着狗一起回了家。每天拿出上好的食物喂养它,用对待人的礼节对待它。狗受到主人如此盛情的款待,日益傲慢。捕到野兽时,必定自己吃完才算数。

有人讥笑越人说:"你给这条狗吃的喝的,它捕到猎物,就自己先吃光,你还要这条狗有什么用?"越人一听这话猛然醒悟了,因而开始与狗分食猎物,而且自己要多拿些。那狗一时愤怒无比,立即咬住越人的脑袋,撕断他的脖子和双足,离家逃跑了。

唉,把狗当自家人来养,还要与狗争夺食物,哪有不失败的啊!

好利者

晋人有好利者,入市区焉,遇物即攫之,曰:"此吾可羞也,此吾可服也,此吾可资也,此吾可器也。"攫已即去,市伯随而索其值。

晋人曰:"吾利火炽时,双目晕热,四海之物皆若己所固有,不知为尔物也。尔幸与我,我若富贵当尔偿。"

市伯怒鞭之,夺其物以去。旁有哂者。

晋人戟手骂曰:"世人好利甚于我,往往百计而阴夺之,吾犹取之白昼,岂不又贤于彼哉,何哂之有!"

宋濂《龙门子凝道记·秋风枢》

【译文】

晋国有个唯利是图的人，到城里去时，遇到什么抢，说："这东西我可以吃，这东西我可以穿，这东西我可以变卖，这东西我可以用来做器具。"他把东西抢到手就跑，管理市场的人追上他，向他索要抢走的财物。

那个人说："当我追逐私利的欲火十分旺盛时，双眼就变得昏花燥热，世上所有的东西都好像本来就是我自己的，不知道它们是你们的东西。你们有幸把东西给了我，有一天我发了财，我会还给你们的。"

管理市场的人愤怒地用鞭子抽他，把他抢的东西夺了回去。围观的人中有人讥笑那晋人。

那晋人指着讥笑他的人骂道："这世上的人比我更唯利是图，他们往往千方百计暗中争夺，这就像我在白天抢夺财物一样，我这样做难道不比你们暗中争夺好吗，有什么好笑的？"

闻者绝倒

近见金华一友，惯游食于四方，以卖诗文为名，而实干谒朱紫。有私印一颗，其文云："芙蓉山顶，一片白云。"其自拟清高如此。友人商履之嘲曰："此云每日飞到府堂上。"闻者绝倒。

郎瑛《七修类稿·奇谑类》

【译文】

最近遇见金华的一位朋友，他习惯于云游四方谋生。他名义上是四处变卖诗文，而实际上想借机结交达官显贵。他有一方私人印章，上面的文字是："芙蓉山顶，一片白云。"他就是这样自诩清高。友人商履之嘲笑他说："这片白云每天都飘到了官堂上。"听到这话的人们莫不大笑不止。

藏 虱

　　乡人某者,偶坐树下,扪^①得一虱,片纸裹之,塞树孔中而去。

　　后二三年,复经其处,忽忆之,视孔中纸裹宛然。发而验之,虱薄如麸,置掌中审顾之。少顷,掌中奇痒,而虱腹渐盈矣。置之而归。痒处核起,肿数日,死焉。

　　　　　　　　　　　　　　　　　蒲松龄《聊斋志异》

【注释】

　　①扪(mén):摸。

【译文】

　　有一个乡下人,偶尔坐在树底下,从自己身上捉到一只虱子,便用一张纸将它包好,塞进树上的洞孔中,然后就走了。

　　过了两三年,他又经过这个地方,忽然想起捉虱子的事,便找到那个树洞,见纸包还是老样子放在那里。那人取出纸包,打开验看,只见那只虱子已经薄得就像一片麸皮了。于是他将虱子拿到手掌上仔细观看。不一会儿,他感到手掌心痒得很厉害,再看虱子,只见它的肚子渐渐鼓了起来。他赶紧扔掉虱子回到家里。没想到手痒处竟鼓起了一个大疱,肿胀了几天,那人就死了。

死后不赊

　　一乡人,极吝致富,病剧,牵延不绝气,哀告妻子曰:“我一生苦心贪吝,断绝六亲,今得富足。死后可剥皮卖与皮匠,割肉卖与屠,刮骨卖与漆店。”必欲妻子听从,然后绝气。

　　既死半日,复苏,嘱妻子曰:“当今世情浅薄,切不可赊与他!"

冯梦龙《广笑府》

【译文】

有个乡下人,因为极端吝啬而发了财可是却得了重病快死了,却不肯断气,哀求他妻子说:"我一生苦心经营,又贪财又吝啬,六亲不认,才有今天的富足。等我死后,你可以将我的皮剥下来卖给皮匠,将肉割下来卖给屠户,将骨头剔出来卖给漆店。"他一定要等妻子答应后再才断气。

他死了半天以后又醒了过来,嘱咐妻子说:"眼下人情淡薄,你千万不要把这些赊给他们!"

愿换手指

有一神仙到人间,点石成金,试验人心,寻个贪财少的,就度他成仙。遍地没有,虽指大石变金,只嫌微小。末后遇一人,仙指石谓曰:"我将此石点金与你用罢?"其人摇头不要。仙意以为嫌小,又指一大石曰:"我将此极大的石,点金与你用罢?"其人也摇头不要。仙翁心想,此人贪财之心全无,可为难得,就当度他为仙,因问曰:"你大小金都不要,却要什么?"其人伸出手指曰:"我别样总不要,只要老神仙方才点石成金的这个指头,换在我的手指上,任随我到处点金,用个不计其数。"

石成金《笑得好》

【译文】

有一位神仙来到人间,他有点石成金之术,想试验人心,寻找一个贪财少的,就可度他成仙。他到处找也找不到这样的人,即使指着大石头变成金子,人们还是嫌它太小。最后遇到一个人,神仙指着石头对他说:"我将这块石头变成金子给你用吧?"那个人摇头表示不要。神仙以为他还嫌小,又指着一块更大的石头说:"我将这块极大的石头变成金子给你用吧?"那个人仍然摇头不要。神仙心想:这个人一点贪财的心都没有,实在难得,就该度他为仙。于是他问那个人:"你大小金子都不要,想要什么呢?"那个人伸出他的手指头对神仙说:"我别的东西都不要,只要老神仙刚才点石成金的这根指头,把它换到我的手指上,任随我到处点金,用个不计其数。"

秋　　蝉

　　主人待仆从甚薄,衣食常不周。仆闻秋蝉鸣,问主人曰:"此鸣者何物?"主人曰:"秋蝉。"仆曰:"蝉食何物?"主人曰:"吸风饮露耳。"仆问:"蝉着衣否?"主人曰:"不用。"仆曰:"此蝉正好跟我主人。"

冯梦龙《广笑府》

【译文】

　　有个主人对待身边的仆人很刻薄,仆人时常吃不饱穿不暖。一天,仆人听见秋蝉叫,便问主人道:"这是什么东西在叫?"主人回答:"是秋蝉叫。"仆人问:"蝉吃什么东西?"主人回答:"只是吸风饮露罢了。"仆人又问:"那蝉穿不穿衣服呢?"主人回答:"不穿。"仆人说:"那么这蝉做你的仆人就最合适了。"

畏盛凌衰

　　客作田不满,夜行失道,误经墟墓间,足踏一髑髅。

　　髑髅作声曰:"毋败我面,且祸尔!"

　　不满憨且悍,叱曰:"谁遣尔当路?"

　　髑髅曰:"人移我于此,非我当路也。"

不满又叱曰:"尔何不祸移尔者?"

髑髅曰:"彼运方盛,无如何也!"

不满笑且怒曰:"岂我衰耶?畏盛而凌衰,是何理耶?"

髑髅作泣声曰:"君气亦盛,故我不敢祟,徒以虚词恫喝也。畏盛凌衰,人情皆尔,君乃责鬼乎?哀而拨入土窟中,君之惠也。"

不满冲之竟过。惟闻背后呜呜声,卒无他异。

纪昀《阅微草堂笔记·槐西杂志》

【译文】

佣工田不满晚上行走迷了路,误入了乱坟地,一脚踩到了一个髑髅上。

髑髅不高兴地喊叫道:"不许碰坏我的脸面,不然我要把灾祸降到你的头上!"

田不满是一个性格憨厚而又强悍的人,他呵斥道:"谁让你到这儿来挡路呢!"

髑髅说:"是别人把我移到这儿来的,并不是我要挡你的路。"

田不满又呵斥道:"那你为什么不把灾祸降到移你到这儿来的人头上呢?"

髑髅说:"他的气势现在正旺盛,我奈他不何。"

田不满冷笑着大声怒斥道:"难道我的气势就衰弱吗?你害怕强盛的人,而欺侮衰弱的人,这是什么道理呢?"

髑髅哭着说:"您的气势也很强盛,因而我不敢降祸给您,只是虚张声势,吓唬您一下而已。害怕强盛而欺凌弱小,世俗人情都是这样,您怎么要责怪一个鬼呢?请您可怜可怜我,将我埋进土窟窿里,这是您对我的恩惠啊!"

田不满不予理睬,冲过去,大步走出乱坟里,只听见身后传来呜呜的哭泣声,最后什么异常的灾祸也没有发生。

逐狗蝇蚁虻

今有狗蝇、蚂蚁、蚤、蜰^①、蚊、虻，是皆无性，聚散皆适然也，而朋嘬人，使人愦耗。

治之如何？法不得殄灭。但用冰一样，置高屋上，则蝇去。又炼猛火自烧田，则乱草不生；乱草不生，则无所依；无所依，则一切虫去。祝曰："蚊虻！蚊虻！汝非欲来而朋来，汝非欲往而朋往，吾悲汝无肺肠，速去！吾终不汝殄伤。"如是四遍，则不复至。

龚自珍《龚自珍全集》

【注释】

①蜰（féi）：俗名臭虫。

【译文】

有一群一群狗蝇、蚂蚁、跳蚤、臭虫、蚊子和牛虻之类的小虫，它们性情无常，一会儿聚集一起，一会儿又分散开，来去都很随意。它们成群结队地叮人、咬人，使人精神昏乱、体力匮乏。

怎么对付这些害虫呢？现在还没有办法使它们灭绝。但是，将一块冰高悬在房梁上，就可以将苍蝇赶走。还可用大火烧荒，使杂草不生；杂草不生，这些害虫就无处隐藏；害虫无处隐藏，自然就会都离去。这时，你可以这样祈祷："蚊虻啊，蚊虻！你们这些害虫，不想来却成群结队地来，不想走却成群结队地走，我真为你们的没有心肝而悲哀。快点离开吧！我不想将你们伤害。"如此重复四遍，那些害虫就不会再来了。

哲思采撷

公输削鹊

公输子削竹木以为鹊，成而飞之，三日不下，公输子自以为至巧。子墨子谓公输子曰："子之为鹊也，不如匠之为车辖，须臾刘三寸之木，而任五十石之重。故所为功，利于人谓之巧，不利于人谓之拙。"

《墨子·鲁问》

【译文】

公输班用竹子和木头雕成一只喜鹊，雕成以后让这只喜鹊凌空高飞，飞了三天也不落下来，公输班自己认为他雕成的喜鹊应该是天下最巧妙的东西。墨子对公输班说："你雕成这只能飞的喜鹊，还不如木匠做个车轴头上的插销，木匠一会儿就削成个三寸大小的插销，还能使车轮承受五十石重的压力，可以搬运货物。所以我们所做的东西，对人有利的才叫做巧，对人没有好处那就谈不上什么巧。"

虾蟆蛙蝇与鹤鸡

禽子问曰："多言有益乎？"

墨子曰："虾蟆蛙蝇，日夜而鸣，舌干擗[1]，然而人不听。今鹤鸡时夜而鸣，天下振动。多言何益？唯其言之时也。"

《墨子佚文》

【注释】

①擗（pǐ）：裂开。

203

【译文】

禽子问墨子说："多说话有好处吗？"

墨子说："癞蛤蟆和青蛙日夜不停地鸣叫着，叫得口干舌裂，但根本没有人愿意听，而高昂的雄鸡在夜色消逝、黎明到来时啼鸣，叫声使天下震动，万物惊醒。说话多有什么用处？只要你说话时机恰当就行，根本不在于说得多或少。"

楚人学齐语

有楚大夫于此，欲其子之齐语也。……一齐人傅之，众楚人咻①之，虽日挞而求其齐也，不可得矣。引而置之庄岳之间数年，虽日挞而求其楚，亦不可得矣！

《孟子·滕文公下》

【注释】

①咻（xiū）：喧扰，吵。

【译文】

有这样一位楚国的大夫，他想让他的儿子学会齐国语。……一个齐国人教他，周围到处却是楚国人用楚语吵闹喧哗，这样，即使每天用鞭子抽打他，要求他向那位齐国人学齐语，是不可能学会的。相反，把他的儿子带到齐国的村镇去生活几年，即使每天用鞭子抽打他，让他讲楚国话，也同样是不可能的。

不龟手之药

宋人有善为不龟手之药者，世世以洴澼絖①为事。客闻之，请买其方百金。聚族而谋曰："我世世为洴澼絖，不过数金；今一朝而鬻技百金，请与之。"

客得之，以说吴王。越有难，吴王使之将。冬，与越人水战，大败越人，裂地而封之。

能不龟手，一也；或以封，或不免于洴澼絖[1]，则所用之异也。

《庄子·逍遥游》

【注释】

①洴澼(píng pì)：在水里漂洗。絖(kuàng)：丝绵。

【译文】

宋国有个善于制作防手冻裂药物的人，世世代代靠在水中漂洗丝絮为生。有位外地人听到这个消息，请求用百金的高价买下这个宋国人的药方。这个宋国人召集了自己家族中的所有成员来商议此事说："我们世世代代靠漂洗丝絮为职业，得到的也不过几金，现在一下子就可以因卖药方而获得百金，我请求把这个药方卖给他。"

那个外地人买到这个宋国人的药方，便拿了它去游说吴王。正好越国此时发生了灾难，吴王便派那位外地人去领兵攻打越国。冬天，吴军与越国人在水上交战，因为使用了防冻药，结果手脚没有一点冻裂，因而大败越军，吴王因而分封给那位外地人一大片封地。

能防手冻裂的药方，始终是不变的；而有的人靠它得到了封地，有的人虽然拥有它却仍然得世世代代漂洗丝絮，这乃是因为使用的不同。

鲲鹏与斥鷃

穷发之北，有冥海者，天池也。有鱼焉，其广数千里，未有知其修者，其名为鲲。有鸟焉，其名为鹏，背若泰山，翼若垂天之云，抟①扶摇羊角而上者九万里，绝云气，负青天，然后图南，且适南冥也。斥鷃②笑之曰："彼且奚适也？我腾跃而上，不过数仞而下，翱翔蓬蒿之间，此亦飞之至也。而彼且奚适也！"此小大之辩也。

《庄子·逍遥游》

【注释】

①抟（tuán）：环绕，盘旋。

②鴳（yàn）：小鸟名。

【译文】

穷发的北面，有一片冥海，就是天池。天池中生长着一种鱼，它有好几千里宽，不知它有多长，它名叫鲲。在那儿有一种鸟，它名叫做鹏，它的背像泰山，翅膀展开就像垂挂在天边的云，它凭借着旋转而上的旋风升上九万里的高空，隔断云层，背负青天，这样之后才考虑飞往南方，将要飞到南冥去。斥鴳嘲笑它说："你准备飞到哪儿去？我猛地一跃就飞起来了，飞不过几丈高就落下，在蓬蒿之间自由翱翔，这也就是我飞的极限了。而你飞这样高准备到哪儿去呢！"这是小大之间的分别。

罔两问景

罔两问景曰："曩子行，今子止；曩子坐，今子起；何其无特操与？"

景曰："吾有待而然者邪？吾所待又有待而然者邪？吾待蛇蚹蜩翼邪？恶识所以然？恶识所以不然？"

《庄子·齐物论》

【译文】

罔两问影子说："你先前走动，现在你又停下来；原先你坐着，现在你又站起来；你怎么这样没有自己的主意，而随人俯仰呢？"

影子说："我是有所依赖而成这样的吗？我依赖的又有它所依赖的才成这样的吗？我所依赖的，如蛇依靠腹下的鳞片才能行走，蝉依靠双翼才能飞翔吗？怎么知道它是这样的呢？怎样又知道它不是这样的呢！"

浑沌之死

南海之帝为儵①,北海之帝为忽,中央之帝为浑沌。

儵与忽时相与遇于浑沌之地,浑沌待之甚善。

儵与忽谋报浑沌之德,曰:"人皆有七窍以视听食息,此独无有,尝试凿之。"

日凿一窍,七日而浑沌死。

《庄子·应帝王》

【译文】

南海的帝王名儵(shū),北海的帝王名忽,中央的帝王名叫浑沌。

儵和忽经常在浑沌的属地内相聚,浑沌待他们非常友好。

儵和忽过意不去,商量设法报答浑沌的恩情,说:"人人都有七窍,用来看、听、吃和呼吸,唯独浑沌没有,我们试着为他凿出七窍吧。"

于是儵和忽便给浑沌开始凿七窍,一天凿一窍,七天过去而浑沌也死了。

轮扁斫轮

桓公读书于堂上。轮扁斫轮于堂下,释椎凿而上,问桓公曰:"敢问公之所读者何言邪?"

公曰:"圣人之言也。"

曰:"圣人在乎?"

公曰:"已死矣。"

曰:"然则君之所读者,古人之糟魄已夫。"

桓公曰:"寡人读书,轮人安得议乎!有说则可,无说则死。"

轮扁曰："臣也以臣之事观之。斫轮,徐则甘而不固,疾则苦而不入。不徐不疾,得之于心而应于手,口不能言,有数存焉于其间。臣不能以喻臣之子,臣之子亦不能受之于臣,是以行年七十而老斫轮。古之人与其不可传也死矣,然则君之所读者,古人之糟魄已夫!"

《庄子·天道》

【译文】

齐桓公在堂上读书,轮扁在堂下砍制车轮,轮扁放下手中的椎子和凿子而走上堂去,问齐桓公说:"我斗胆地问齐君您一句,您读的都是哪些人的言辞?"

齐桓公说:"我读的都是圣人的言辞。"

轮扁又问:"这些圣人是否还活着?"

齐桓公说:"都已经死了。"

轮扁说:"这样看来您所读的,都是古人的糟粕啊!"

齐桓公恼怒地说:"我一国之君读书,你一个做车轮的工匠怎敢乱加议论! 你讲得出一番道理还罢了,你讲不出什么道理我绝不会饶过你。"

轮扁说:"我是一个工匠,从我所从事的职业来看我有这种体会。砍制车轮,慢慢地砍,人虽轻松但车轮做得就不牢固;使劲地赶时间,人既辛苦,做出来的车轮也很粗糙。不紧不慢地砍制,心里想怎么做就怎么做,做起来也很顺手,这其中的技巧,我嘴里虽然说不出,但确实一举一动中存在着奥秘。这个奥秘我没法明白地向我儿子讲清楚,我的儿子也没法从我这儿学到,所以我现在已经活到七十岁了还得不断地砍制车轮,无人来接替我。古代的圣人和他们无法用言语传达的道理都已死了。所以现在您所读的书,不过是古人的糟粕罢了!"

康衢长者

康衢长者,字僮曰"善搏",字犬曰"善噬"。宾客不过其门者三年。长者怪而问之,乃实对。于是改之,宾客往复。

《尹文子·大道下》

【译文】

有个住在大道边的老者,给自己的僮仆起名叫"善搏"(即擅长打架),给自己的狗起名叫"善噬"(即擅长咬东西)。此后,三年里客人们不敢经过他的家门。老者感到很奇怪,就问他们是什么缘故,客人们这才实话回答了他。于是老者改了僮仆和狗的名字,客人们又去他家做客了。

欹 器

孔子观于鲁桓公之庙,有欹①器焉。

孔子问于守庙者曰:"此为何器?"

守庙者曰:"此盖为宥②坐之器。"

孔子曰:"吾闻宥坐之器者,虚则欹,中则正,满则覆。"

孔子顾谓弟子曰:"注水焉。"

弟子挹③水而注之。中而正,满而覆,虚而欹。

孔子喟然而叹曰:"吁! 恶有满而不覆者哉!"

《荀子·宥坐》

【注释】

①欹(qī):斜,倾倒。

②宥(yòu):通"右"。右边。

③挹(yì):舀。

209

【译文】

孔子到鲁桓公的庙堂里参观，看见那里有一只形体倾斜易于倾覆的器皿。

孔子问守庙人说："这是什么器皿？"

守庙人说："这是一只放在座位右边的器皿。"

孔子说："我听说这种放在座位右边的器皿，里面空着的时候就倾斜，不空不满的时候就端正，灌满了水的时候就倾覆。"

孔子回过头来对弟子们说："往里面灌水。"

弟子们便舀水往器皿里灌，结果真的是里面不空不满的时候就端正，灌满了水就倾覆，空的时候就倾斜。

孔子叹了一口气说："唉！哪有自满而不翻倒在地的呢？"

树难去易

夫杨横树之即生，倒树之即生，折而树之又生。然使十人树之而一人拔之，则毋生杨矣。至以十人之众，树易生之物，而不胜一人者何也？树之难而去之易也。

《韩非子·说林上》

【译文】

杨树栽下就可以成活，倒插着也可以生长，折断了再插下还是不会死。但如果让十个人来栽杨树，一个人来拔它，那么绝不可能有成活的杨树。用以十数的众人，去栽很容易成活的杨树，还经不起一个人拔它，这是什么原因呢？是因为种树难而毁树容易。

田仲自恃

齐有居士田仲者，宋人屈谷见之曰："谷闻先生之义，不恃仰人而食。今谷有树瓠之道，坚如石，厚而无窍，献之。"

仲曰："夫瓠所贵者,谓其可以盛也。今厚而无窍,则不可剖以盛物,而任重如坚石,则不可以剖而以斟,吾无以瓠为也。"

曰："然,谷将弃之。今田仲不恃仰人而食,亦无益人之国,亦坚瓠之类也。"

《韩非子·外储说左上》

【译文】

齐国有个叫田仲的隐士,宋国人屈谷去见他,说:"我听说过先生您的气节,不依赖他人而生活。现在我有种葫芦的技巧,种出来的葫芦像石头一样坚实,瓜皮很厚,中间没有一点空窍,我想把葫芦送给你。"

田仲说:"葫芦的可贵之处,在于它可以装东西,如今你的葫芦皮厚中实,不能剖开来做瓢装东西,而坚硬如石头,又不能剖开它用来舀酒喝,我用不着你的葫芦。"

屈谷说:"说得对,我准备把这只葫芦扔了。现在你田仲不依赖人而生活,对国家来说也毫无用处,也正如同坚实的葫芦一样。"

画鬼最易

客有为齐王画者,齐王问曰:"画孰最难者?"

曰:"犬马最难。"

"孰易者?"

曰:"鬼魅最易。夫犬马,人所知也,旦暮罄于前,不可类之,故难。鬼魅无形者,不罄于前,故易之也。"

《韩非子·外储说左上》

【译文】

有个给齐王画画的人,齐王问他说:"绘画画什么最难呢?"

这个人回答说:"狗和马最难画。"

211

"那什么最容易画呢？"

这个人又回答说："画鬼怪最容易。因为狗和马是人们所熟知的，早晚都在你的眼前，不容易画得完全相似，所以说难画。而鬼怪是没有固定的形体的，不会出现在你面前，你弄不准到底它像什么样子，所以说容易画。"

三年成一叶

宋人有为其君以象为楮叶者，三年而成。丰杀①茎柯②，毫芒繁泽，乱之楮叶之中而不可别也。此人遂以功食禄于宋邦。

列子闻之曰："使天地三年而成一叶，则物主有叶者寡矣"。

《韩非子·喻老》

【注释】

①丰杀：宽窄。此指树叶的大小。

②茎柯：此指树叶的主脉与支脉。

【译文】

宋国有个人为宋国的国君用象牙雕成一片楮树叶子，花了三年时间才雕成。这片象牙楮叶的大小与筋脉跟真叶相当，叶片上的细毛繁多而有光泽，把它夹别在真的楮树叶中，你无法分辨真伪。这个宋国人也因雕成楮叶的功绩而在宋国获得了封赏和俸禄。

列子听说此事后说："如果让大自然三年才长成一片树叶，那么能长成叶子的树就很少了。"

金钩桂饵

鲁人有好钓者，以桂为饵，锻黄金之钩，错以银碧，垂翡翠之纶。其持竿处位则是，然其得鱼不几矣。故曰："钓之务不在芳饰；事之急不在辩言。"

《阙子》

【译文】

鲁国有个喜爱钓鱼的人，用香桂作鱼饵，用黄金锻造鱼钩，钩上还镶嵌有白银和绿色的玉石，而钓丝是用翡翠的羽毛搓制的。他的钓姿和选择的垂钓的方位、地点虽然都正确无误，但他钓上来的鱼却没有几条。所以说："钓鱼能钓得多并不在于华丽的钓具；办成一件事情并不在于出色的口才。"

道见桑妇

晋文公出，会欲伐卫。公子锄仰天而笑，公问何笑。

曰："臣笑邻之人有送其妻适私家者，道见桑妇，悦而与言，然顾视其妻，亦有招之者矣。臣窃笑此也。"

公悟其言，乃止，引师而还。未至而有伐其北鄙者矣。

《列子·说符》

【译文】

晋文公退朝出来，正准备出兵攻打卫国。他的儿子锄对天大笑，晋文公便问他为什么要发笑。

他的儿子说："我笑我的邻居，有一天他送他的妻子去大姨家，在路上遇到一位采桑的妇人，觉得她长得很动人，便嬉笑着去与她调笑，但当他回头看他的妻子时，发现也有人在勾引她。我私下觉得这件事很可笑。"

晋文公领悟到这番话的含义，便放弃了进攻卫国的念头，领着晋国的军队返回。还没有回到原地，就碰上了有敌国来侵犯晋国北方的边境。

羊蒙虎皮

羊质而虎皮,见草而说,见豺而战,忘其皮之虎矣。

扬雄《法言·吾子》

【译文】

有一只披着虎皮的羊,见了青草十分高兴,见了豺狼就战战兢兢,而忘记了自己身上披着虎皮。

西家之子

东家母死,其子哭之不哀。西家子见之,归谓其母曰:"社^①何爱速死?吾必悲哭社。"

夫欲其母之死者,虽死亦不能悲哭矣。

谓学不暇者,虽暇亦不能学矣。

《淮南子·说山训》

【注释】

①社:古代江淮方言呼母为社。

【译文】

东边一家人的母亲死了,她的儿子哭得并不很伤心。西边这家人的儿子见了,跑回家去对他母亲说:"母亲何必吝惜生命而不快点去死呢?您如果死了,我肯定会很悲痛地哭您。"

实际上那想要他母亲快点死的小子,即使他母亲日后死了,他也必定不会很悲痛地哭的。

那些说没有空闲读书学习的人,即使有空闲也不会去读书学习。

塞翁失马

近塞上之人，有善术者。马无故亡而入胡，人皆吊之。其父曰："此何遽不为福乎？"

居数月，其马将胡骏马而归，人皆贺之。其父曰："此何遽不能为祸乎？"

家富良马，其子好骑，堕而折其髀，人皆吊之，其父曰："此何遽不为福乎？"

居一年，胡人大入塞，丁壮者引弦而战，近塞之人，死者十九，此独以跛之故，父子相保。

故福之为祸，祸之为福，化不可极，深不可测也。

《淮南子·人间训》

【译文】

住在边境附近的人中，有个很会算命的。这家人的一匹马一天无缘无故地跑到境外的胡地去了，邻居们都来安慰这家人。这家的老父亲说："这事谁知道就不是件好事呢？"

过了几个月，跑走的那匹马领着胡地的一群骏马又跑回家来了，邻居们又来道喜祝贺。这家的老父亲又说："这事谁知道就不会带来灾祸呢？"

家里有了许多胡地的好马，这家的儿子偏又喜欢骑马，结果有一次从马背上摔下来，把大腿摔断了，邻人们纷纷表示怜悯和惋惜，这家的老父亲却又说："这事怎见得就不是好事呢？"

又过了一年，胡地军队打过边境来，年轻力壮的人都拿起武器去与胡兵作战，所有住在边境附近的青壮年人，十有八九都战死了，而这家的儿子因腿摔跛了，不能上战场，于是父子二人都保住了性命。

所以，福可以转化为祸，祸也可以转化为福，这种相互转化没有止境，而且深奥而玄妙不可预知啊！

反裘负刍

魏文侯出游,见路人反裘而负刍。

文侯曰:"胡为反裘而负刍?"

对曰:"臣爱其毛。"

文侯曰:"若不知其里尽而毛无所恃耶?"

刘向《新序·杂事》

【译文】

一天,魏文侯外出游玩,在路上看见一个人反穿着皮袄,将有毛的一面朝里穿,有皮的一面朝外,身上还背着一大捆牧草。

文侯便问那人道:"为什么反穿皮袄背牧草呢?"

那人回答说:"我是爱惜皮衣的毛。"

文侯又问:"你难道不知道皮袄的皮磨烂了,皮袄的毛就无所依附了吗?"

齿亡舌存

(常枞)张其口而示老子曰:"吾舌存乎?"

老子曰:"然。"

"吾齿存乎?"

老子曰:"亡。"

常枞曰:"子知之乎?"

老子曰:"夫舌之存也,岂非以其柔耶? 齿之亡也,岂非以其刚耶?"

常枞曰:"嘻! 是已,天下之事已尽矣!"

刘向《说苑·敬慎》

【译文】

常枞(chuāng)张开口给老子看,并问:"我的舌头还在吗?"

老子回答说:"在。"

"我的牙齿还存在吗?"

老子回答说:"没有了。"

常枞说:"你知道这是什么原因?"

老子说:"那舌头之所以存在,难道不是因为它柔软善变吗?牙齿之所以没有,不就是因为它刚强易折吗?"

常枞说:"咦!对了。世上的事情都是这样的啊!"

孺子驱鸡

孺子驱鸡者,急则惊,缓则滞。方其北也,遽要之,则折而过南;方其南也,遽要之,则折而过北。迫则飞;疏则放。志闲则比之,流缓而不安则食之。不驱之驱,驱之至者也。志安则循路而入门。

荀悦《申鉴·政体》

【译文】

有个小孩子赶鸡进屋。赶急了,鸡就惊慌地乱跑;不赶它,鸡又站着不动。鸡向北跑时,他急忙拦阻,鸡就转头向南跑;鸡向南跑时,他又急忙拦阻,鸡就转头向北跑;追近了,鸡就腾空飞起来;离远点,鸡就不慌不忙了。当鸡安闲自在的时候,就可以慢慢接近它,当鸡在游走不安的时候,就撒点食给它吃。这种用不驱赶的办法来达到驱赶的目的,才是赶鸡的最高明的办法。当鸡安定下来,就自然会顺着道走进门里去。

阿豹论折箭

阿豹有子二十人。……谓曰:"汝等各奉吾一只箭,折

之地下。"俄而命母弟慕利延曰:"汝取一只箭折之。"慕利延
折之。又曰:"汝取十九只箭折之。"延不能折。阿豺曰:"汝
曹知否? 单者易折,众则难摧。戮力一心,然后社稷可固。"
言终而死。

《魏书·列传第八十九》

【译文】

　　国王阿豺有二十个儿子。一天,他把儿子们召集到跟前说:"你
们每人拿我一支箭去,折断后摔在地上。"过了一会儿,阿豺又对他
的同胞弟弟慕利延说:"你取一支箭去,把它折断。"慕利延把箭折断
了。阿豺又说:"你取十九支箭,同时折断它。"慕利延无法折断。阿
豺于是对他的弟弟和儿子们说:"你们知道吗? 一支箭容易折断;众
多的箭合在一块,就很难折断了。只要你们大家同心合力,我们的
国家就会变得坚不可摧。"说完阿豺就死了。

二人评玉

　　昔二人评玉,一人曰好,一人曰丑,久不能辨,各曰:"尔
来入吾目中,则好丑分矣!"

　　夫玉有定形,而察之不同,非苟相反,瞳睛殊也。

刘昼《刘子·正赏》

【译文】

　　从前,有两个人评论一块玉石,一个人说美,一个人说丑,两人
争论了很长时间还不能统一意见。于是,两人都说:"如果你从我的
眼里看去,美丑就一下子分辨出来了。"

　　玉石的形状是固定不变的,而二人观察的结果却不相同,并不
是谁有意与人唱反调,而是因为他们看问题的方法不同罢了。

桓公喂蚊

　　齐桓公卧于柏寝，谓仲父曰："吾国富民殷，无余忧矣！一物失所，寡人犹为之悒悒。今白鸟营营，饥而未饱，寡人忧之。"因开翠纱之帱①进蚊子焉。其蚊有知礼者，不食公之肉而退；其蚊有知足者，嘬②公而退；其蚊有不知足者，遂长嘘短吸而食之，及其饱也，腹肠为之破溃。公曰："嗟乎！民生亦犹是。"乃宣下齐国，修止足之鉴，节民玉食，节民锦衣，齐国大化。

萧绎《金楼子·立言篇》

【注释】

　　①帱(chóu)：帐子。

　　②嘬(zuǐ)：叮咬。

【译文】

　　齐桓公在柏寝台里躺卧，他对相国管仲说："我们齐国国家强盛，百姓富裕，再没有什么可忧虑的了。但有一事处理得不好，会令我总是忧心、挂念。现在蚊子嗡嗡叫，好像肚子饿了没有吃饱，我很有些担忧。"于是，他撩开翠绿色的纱帐，让蚊子进到了里面。这些蚊子有的很懂礼节，不愿叮咬桓公而飞走了；有的蚊子知道自足，咬了一口就飞开了；有的蚊子不知道自足，停在桓公身上使劲地吮吸，等到它吸饱了，肠肚也因此胀破了。桓公见此，说："唉，老百姓不也像这样吗？"于是，桓公发布命令给齐国各地，要求制订戒令，阻止百姓铺张浪费，劝告百姓节约粮食，不要追求华贵的服饰。这样，齐国勤俭节约最后蔚然成风。

罴　　说

　　鹿畏貙，貙畏虎，虎畏罴①。罴之状，被发人立，绝有力

219

而甚害人焉。

　　楚之南有猎者，能吹竹为百兽之音。寂寂持弓矢罂②火，而即之山，为鹿鸣以感其类，伺其至，发火而射之。貙闻其鹿也，趋而至。其人恐，因为虎而骇之。貙走而虎至，愈恐，则又为罴，虎亦亡去。罴闻而求其类，至，则人也，捽③搏挽裂而食之。

　　今夫不善内而恃外者，未有不为罴之食也。

柳宗元《柳河东集》

【注释】

　　①罴（pí）：熊的一种。

　　②罂（yīng）：古代一种小口大腹的陶器。

　　③捽（zuó）：揪，抓。

【译文】

　　鹿害怕貙，貙害怕虎，虎害怕罴。罴从外貌上看，披着长长的毛发，像人一样地站立。它很有力气，对人的危害特别大。

　　楚国的南边有一个打猎的人，能用竹笛吹出各种野兽的叫声。一天晚上，猎人悄悄带着弓箭、瓦罐和火种进了山里。他吹出鹿的声音以招引鹿，等鹿招来了，便点燃灯火向鹿射击。貙听见了鹿的叫声，便很快跑了来。猎人害怕起来，便吹出老虎的叫声来惊吓貙。貙被吓跑了，老虎却循声而来，猎人更是恐惧，就又吹出罴的叫声，老虎被吓走了。罴听到了叫声，便来寻其同类为伴。走近一看，是一个人，罴便扯住猎人搏杀，很快就把猎人分尸吃掉了。

　　如今的人如果不让自身强大而只依恃外界的力量，那就会落得猎人被罴吃掉的那种下场。

口鼻眼眉争辩

　　口与鼻争高下。口曰："我谈古今是非，尔何能居我上?"鼻曰:"饮食非我不能辨。"眼谓鼻曰:"我近鉴毫端,远察天际,惟我当先。"又谓眉曰:"尔有何功居我上?"眉曰:"我虽无用,亦如世有宾客,何益主人? 无即不成礼仪。若无眉,成何面目?"

《唐语林》

【译文】

口与鼻子在争论地位的高低。口说:"我可以谈论自古至今的是非功过,你怎么能位居我之上呢?"鼻子回答说:"人吃喝如果没了我,就不能分辨出气味来。"眼睛对鼻子说:"我近可以看清毫毛的末梢,远可以望到天边,所以只有我最行。"眼睛又对眉毛说:"你凭什么功劳居于我之上?"眉毛说:"我虽然没有什么用处,就像世上的宾客对于他的主人一样,没有什么益处。但是,主人没有了宾客,也就形成不了礼仪。要是没有我这眉,还有什么面目呢?"

三老语

尝有三老人相遇,或问之年。一人曰:"吾年不可记,但忆少年时与盘古有旧。"一人曰:"海水变桑田时,吾辄下一筹。尔来吾筹已满十间屋。"一人曰:"吾所食蟠桃,弃其核于昆仑山下,今已与昆仑齐矣。"以余观之,三子者,与蜉蝣朝菌,何以异哉?

苏轼《东坡志林》

【译文】

曾经有三个老人碰在一块,有人问他们的年龄。一人说道:"我的年龄记不得了,只记得少年时候与开天辟地的盘古有过交往。"另一个老人说:"每次海水变成桑田时,我就丢下一块竹片记一个数,至今我丢下的竹片已堆满了十间房子。"第三个老者说:"我吃蟠桃,都把桃核丢在昆仑山下。如今,堆积的桃核已经和昆仑山一样高了。"在我看来,这三位老人与那朝生暮死的蜉蝣(fúyóu)和朝菌,又有什么不同呢?

束氏狸狌①

卫人束氏,举世之物,咸无所好,唯好畜狸狌。狸狌,捕鼠兽也,畜至百余,家东西之鼠捕且尽。狸狌无所食,饥而嗥。束氏日市肉啖之。狸狌生子若孙,以啖肉故,竟不知世之有鼠;但饥辄嗥,嗥辄得肉食,食已与与如也,熙熙如也。

南郭有士病鼠,鼠群行有堕瓮者,急从束氏假狸狌以去。

狸狌见鼠双耳耸,眼突露如漆,赤鬣,又磔磔②然,竟为异物也,沿鼠行不敢下。士怒,推入之。狸狌怖甚,对之大嗥。久之,鼠度其无他技,啮其足,狸狌奋掷而出。

宋濂《龙门子凝道记·秋风枢》

【注释】
①狸狌(líshēng):猫。
②磔磔(zhézhé):象声。

【译文】
卫国有个姓束的人,不怎么喜欢世上的动物,唯独喜欢养猫。猫是以捕食老鼠为生的动物,束家养了一百余只,家里及其附近的老鼠差不多被它们捕吃光了。猫没有东西可吃,饿得嗥嗥直叫。于是束氏每天买来肉喂它们。如此一来,这些猫生下的子孙,因为都是用肉喂养大的,竟然不知道世上还有老鼠,只要饿了就叫,一叫就能得到主人给的肉吃,吃饱了就悠闲自在,嬉戏玩耍。

城南有位读书人很讨厌老鼠,家里的老鼠成群结队地东跳西窜,有一只还掉进了水缸里。那人赶紧到束氏家借了一只猫,高高兴兴带回家去。

那只猫见水缸里的老鼠竖着两只耳朵,贼溜溜的黑眼睛向外突出,嘴上长着长长的红胡子,还磔磔叫个不休,竟然把它当作怪物,绕着老鼠转圈却不敢跳进缸里。读书人生气了,把猫推入缸中。猫非常害怕,对着老鼠大声叫唤。叫了一阵后,老鼠猜想它除了大喊大叫外再没有别的本领,便跳过去咬猫的脚,猫吓得纵身一跳,逃出水缸外。

螳螂捕蛇

张姓者,偶行溪谷,闻崖上有声甚厉。寻途登觇①,见巨蛇围如碗,摆扑丛树中,以尾击树,树枝崩折。反侧倾跌之状,似有物制之。然审视殊无所见,大疑。渐近临之,则一螳螂据顶上,以刺刀攫其首,掂②不可去。久之,蛇竟死。视额上革肉,已破裂云。

蒲松龄《聊斋志异》

【注释】

①觇(chān):窥视,查看。

②掂(diān):跌。此指甩动。

【译文】

有个姓张的人,偶然在一条山沟中行走,忽然听见山崖上传来十分刺耳的声音,便顺着山路爬到山顶,想看个究竟。只见一条碗口粗的大蛇,在树丛中不停地扑来摆去,用尾巴扑打着树,树枝都被打断了。看它在那里痛苦挣扎的样子,好像有什么东西正在牵制着它。但是仔细观察,又未发现有什么东西,感觉很奇怪。于是他慢慢走近大蛇,原来有一只螳螂正爬在大蛇的头上,用自己像刀一样的前腿去刺蛇的头,任凭大蛇怎样摆动颠扑,也无法将它甩掉。相持一阵后,大蛇竟被螳螂刺死了。再看大蛇额头上的皮肉,已经被螳螂刺得破裂了。

画图买马

齐景公好马,命画工图而访之。殚百乘之价,期年而不得,像过实也。

今使爱贤之君,考古籍以求其人,虽期百年,不可得也。

《太平御览》

【译文】

宋景公喜欢马,他叫画工画了一幅马,又叫他照这图画到市场上买马。结果花费了几百匹的钱,用了一年的时间,还没买到一匹马。因为那画的马太脱离实际,市场上根本寻不着。

今天,假如有一个爱惜人才的国君,查遍历史资料,按照前人的标准去寻求贤人,那么,即使是寻找一百年,也是找不到的。

疗　梅

江宁之龙蟠,苏州之邓尉,杭州之西溪,皆产梅。或曰:"梅以曲为美,直则无姿;以欹为美,正则无景;以疏为美,密则无态。"固也,此文人画士,心知其意,未可明诏①大号,以绳天下之梅也;又不可以使天下之民,斫直、删密、锄正,以夭梅、病梅为业以求钱也。梅之欹、之疏、之曲,又非蠢蠢求钱之民,能以其智力为也。有以文人画士孤癖之隐,明告鬻梅者,斫其正,养其旁条;删其密,夭其稚枝;锄其直,遏其生气,以求重价,而江浙之梅皆病。文人画士之祸之烈至此哉!

予购三百盆,皆病者,无一完者。既泣之三日,乃誓疗之,纵之,顺之,毁其盆,悉埋于地,解其棕缚,以五年为期,必复之，全之。予本非文人画士，甘受诟厉，辟病梅之馆以贮之。呜呼！安得使予多暇日，又多闲田，以广贮江宁、杭州、苏州之病梅，穷予生之光阴以疗梅也哉？

龚自珍《龚自珍全集》

【注释】

①诏：告示，宣告。

【译文】

　　江宁的龙蟠，苏州的邓尉，杭州的西溪，都盛产梅花。有人说："梅以弯曲的为美，直挺的便没有姿态；以歪扭不正的为美，端正的就没有景致；以稀疏的为美，茂密的就没有神态。"即使如此，这也不过是那些文人画士潜藏心底的不能明令号召以此来衡量天下的梅花；也不能叫天下种梅花的人去砍掉直挺的梅枝，删剪掉茂密和锄去端正的枝条，让他们以摧毁梅花、糟蹋梅花为职业来赚钱。要将梅花培植得姿态倾斜，枝身稀疏，树身弯曲，又不是那些以赚钱为目的种梅人的智慧能力所能达到的。于是，有人将文人画士隐藏在内心深处的那种奇特嗜好明确地告诉了那些种梅的人，种梅人便砍去端正之枝而培养偏斜的，删剪茂密之枝而使嫩枝受毁，锄去直挺之枝而阻止它的生长，以此提高售价，因此江苏、浙江一带的梅花都成为病态的了。文人画士们造成的祸害竟达到如此程度！

　　我购买了三百盆梅花，都是病梅，没有一盆是完好自然的。我为它们难过了三天，便发誓要治疗它们，解放它们，让它们顺着本性自然生长。我毁掉了花盆，将梅花全部移栽到地里，解开捆缚它们的棕绳，用五年的时间，一定让它们恢复自然形态，保全其天然生机。我本来就不是文人画士，甘愿承受别人的责骂，开辟一个病梅馆来贮藏它们。唉！如何能够让我有更多的空闲时间，更多的空闲田地，来大量贮藏江宁、杭州、苏州的病梅，用我毕生的精力来治疗这些梅花呢？